永恆的彩虹

小民著

三民叢刊77

三民書局印行

人間情事多（代序）

小民

說起來，已經是二十一年前的事了。

那時候，我才學習寫作、投稿，不到兩年，家由臺南初遷至臺北。有一天，在朋友送給我的兩本小書上面，我看見有徵稿啓事。徵求的是短小、輕鬆、有趣的文章，每本只需五萬字。我算了一下剪貼簿上的文章，估計够五萬字了，就按書上的地址寄到香港「道聲出版社」。

我原是為好玩的，並未存多大希望。可是沒隔多久，我竟收到道聲出版社社長顏路裔先生親筆信，信中對我剪貼簿上的小文備加讚譽，告訴我他決定為我編兩本書。

約有兩個月的時間，我收到印著我的筆名的兩本小書，和一筆數目不算少的稿費。我彷彿在做夢一般，開心得睡著了都會笑醒。我一遍又一遍的讀著顏社長，也是道聲的總編輯寫的序。序文開頭寫著：

當人人叢書連續出版了三十冊之後，我覺得該爲讀者們換換口味了。我的心目中一直在搜尋一些委婉清徹、親切動人的散文，而我終於找到了。不久以前，小民女士將她的兩本散文書稿交給了我，一本是《多兒的故事》，一本就是這本《紫色的毛線衣》。我一口氣看完之後，覺得美極了，便立刻出版！

「美極了」是不錯，但不是文章美，而是小書封面設計、印刷，都可愛極了。我將香港寄來的六十本小書，放在家裡每一個角落，以便我隨時可以看見。又高興得找木匠為教堂詩班定製四把長椅、買了好些糖果分給隣居和教友們吃。當然更和孩子們分享我的快樂，請他們上館子吃了一頓，還每人送給他們一件小禮物。

快樂過後免不了也有煩惱了，因為道聲出版社臺灣分社通知我，沒辦法將我的新書發行到市面上去，原因是書型太小了，小到可以裝進衣袋裡，不好安置。書雖然小巧可愛，奈何一般書店不願代售。那段日子，我逢人便訴說小書的苦惱。記不得是那位朋友了，他建議我去拜託三民書局劉先生，說這位先生一定會協助我。事情就跟那位朋友說的一樣，當我帶著我的兩本小可愛，直奔重慶南路三民書局，面陳劉先生請他批准道聲送書來寄售，他一口就答應了。

隔了幾天，我走過三民書局，看見我那可愛的雙胞胎小書，並排陳列在書架上向我微笑，我感到快樂得心花朵朵開，因著這些鼓勵，使得我原祇是隨筆寫寫，至今仍然未停筆。而且還帶動了丈夫、兒子、全家作文投稿的興趣。

時間過得快，二十年一下子就過去了。三民書局的業務不斷增長，除了增加了關係企業：「東大圖書公司」、「弘雅圖書公司」外，劉先生已成為最有魄力的出版家劉董事長了。年前，在好書頒獎會場上，與擔任頒獎人的劉董事長重逢，承他當面邀稿，使我又感到喜出望外。因為我對早年名家雲集的「三民文庫」，羨慕已久矣，如今承蒙不棄，由其編輯部編選，集成：《永恆的彩虹》、《紫水晶戒指》兩冊散文集。我深深感到劉董事長能如此溫馨對待素昧平生的「小民」，真是一位有情人。願上帝賜更大的福份給他，和他的事業！

最後，要對三民書局的編輯部致謝。

目次

輯二　鄉情

輯三　友情

輯一　親　情

慈母容顏

家裡多了一面鏡子，有半片牆那麼大。

鏡子是咱家戶長先生撿來的，「撿破爛」是儍門戶長專長之一。戶長先生曾豪氣十足的跟他小兒子說：「你爸爸，一輩子不爲五斗米折腰！」

他的確沒爲五斗米折過腰，無論多麼好的工作，人事處得稍不順心，說走就走！所以，目前已經「退休」十多年了，可從未見過退休金。

雖然沒有退休金，卻一直受有識之士垂青聘他當顧問。這面鏡子，便是他顧問的那家公司搬新址，舊辦公室裝備都不要了，他看著可惜，拜託同事的車子，替他運了回來。

這以前，他還幹過不少類似儍事。例如他在某大航空公司工作的時候，不顧惜足以買兩棟房子的巨額退休金，未等年資夠便辭職。卻捨不得飛機上拆下來報廢了的小櫥小櫃子，撿回家花運費由臺南帶到臺北，至今還擱在屋子裡佔地方！不同種類的破爛，與我共度如飛的歲月。

新破爛實在還不太「破」，故稱之「明鏡」也還可以。

大明鏡上了我家餐桌側牆，隨時映出家人們進餐的形象。也忠實的照見了家煮婦「我」，忙進忙出，擺筷子收碗，上菜端湯的模樣兒！

有一天吃飯時，我不經意的朝鏡子裡一望，啊呀一聲叫了出來！一老一小忙問：「怎麼啦？」

「怎麼啦？你們猜我在鏡子裡瞧見了誰？」

「誰？」一老一小同聲問道。

「瞧見我可憐的老媽媽喲！」

「怎麼可能，妳長得又不太像妳媽，妳像爸爸嘛！」

叫別人生氣他自己「喜樂」的人，反駁我。

怎麼不像，你們過來瞧瞧，那困苦疲倦的眼神，那受累受罪的面容，那一輩子爲兒爲女，爲夫家傳宗接代付出的辛勞，完全是一模一樣兒，分毫不差咧！

我想起，母親病故時，比我現在也大不了幾歲。以現代醫藥發達，老人普遍健康長壽來看，母親六十六歲就因病辭世，是眞的早了點。那時我最小的妹妹也在成功大學中文系畢業了，二弟和三妹都有了滿意的工作。母親正該安享兒大女成人，閒適的晚年清福，竟罹患了脊椎結核，開刀不治，撇下她心愛的孩子們，依依不捨的獨自離去了！

母親年輕的時候，曾經是個大美人。有時候，我直覺得我們四姊妹，沒有一個長得像媽那樣好看。在我第一次投稿就變成鉛字的處女作——〈母親的頭髮〉中，我曾含淚寫母親烏黑密實的頭髮，在大弟飛行失事殉國後，一下子就哀哭悲慟白了滿頭黑髮。寫母親身不由己被大舅作主，許配給不負家庭責任的父親；寫母親遭遇丈夫無情、納妾，甚至遺棄子女不顧的坎坷命運。當然更寫母親爲兒女操心勞瘁，撫育我們的恩德！

我常想，母親生於清末，在民初年間，是少數得以受新式教育的幸運女子，竟仍然遵行爲人妻母永遠包容，捨己無我的典型，表現了中國婦女固有的美德。

我曾爲母親喊冤，常常覺得母親這一生活得太冤枉！特別是，當弟妹都長大成人，仍然加給母親數不清的煩惱的時候。當弟妹遇見學業或感情上挫折，仍然來怨媽媽的時候，而母親竟毫不動怒默默承受。

更不可思議的，是母親口中，從未流露出對父親這樣負心的丈夫責怪恨惡的話語，太不可思議了！

記憶中的母親，雖然命運坎坷，但出奇的樂觀。是由於在我們做兒女的身上，寄託了她的希望嗎？我想是的！

母親辭世已經很久了，但慈母容顏永遠留在孩子們心裡。當往日弦律再次吟唱出來，母親微笑彈著風琴，唱「燕雙飛」的情景，又回到眼前！唱起媽媽的歌，母親晚年勞苦愁煩的身影，就變得越發慈愛溫馨。溫馨得足以融化人間任何冰霜，任何痛苦黑暗。「啊！母親像月亮一樣，照亮我家門庭……」「母親慈愛，好比三春陽光，永遠的永遠的，溫暖這底心……」

母愛與妻愛

抗戰時在四川，接近勝利階段時期，舞臺劇正値蓬勃。那時候電影除了西片外，國片精彩的不多。而且多少年才有一部新片子，可能當時限於財力物力吧？因此話劇演員成了年輕人心目中的「明星」。中學以上的學校，都有戲劇社團，我就讀的「中華女中」及大姊就讀的「華美女中」也成立了話劇社。

由於全校外省人中，祇有我一個北平人，國語流利，便網羅爲話劇社臺柱。每次演出，女主角非我莫屬。記得我演得最得意的一次，劇名叫：「妻愛與母愛」。

這是一齣改編西洋名劇：《婆媳之間》的劇本，原著藉老少兩女人，加給一個男人——兒子與丈夫，妻愛與母愛之間的矛盾、衝突，導致不合。形成兒子左右爲難，任嬌妻離去卻鬱鬱寡歡。老母親爲愛兒子，向媳婦妥協，終至達成諒解結局皆大歡喜！

家庭倫理故事，原是普受歡迎的。當時我不過十五六歲，以一個小少女扮演少婦，如何揣摩得出妻子對丈夫的情愛呢？可能是每個女人的妻愛與母愛都是天生成的，故我能表演得自然逼眞，至今仍記得令我陶醉在明星夢中，那些觀眾熱烈的掌聲！

「妻愛」與「母愛」既是女人天生的，是與生俱來的感情，爲何會有矛盾，我想是一個女人初爲人妻時，她不能體會做母親——尤其是一位年老的母親對親子之愛，而老母親，也忘了她做年輕妻子時候，怎樣想獨佔丈夫的愛，容不得另一女人，甚至是丈夫母親的愛。

但，妻愛與母愛，每個女人都同時具備。

我小時候常氣憤不平，怨母親太軟弱，不該對父親那麼好！緣由父親實在對不起母親。對不起母親爲他犧牲學業，爲了和他結婚而停學沒拿到學歷：「祇差半年媽就從女子師範畢業了啊，你爸爸多次央媒人催結婚！」

母親常常懷著無限遺憾，和我跟大姊兩個女兒說。母親出身北方書香世家，外祖父教育子女觀念十分開明，民初時代，母親有機會與舅舅們同等享受念書的機會，非常難得！可惜在婚姻方面，尙須父母之命媒妁之言。母親才與從未謀面，只聽媒人說是「文武雙全」的父親結了婚，將自己終身幸福，盲目的寄託給父親。父親非有錢的公子哥兒，行爲倒像一個公子哥兒。他花錢大手，舉止濶綽。雖有文武雙全的才華，卻經常辭掉工作，靠母親陪嫁維持生活。父親畢業日本及中國保定軍事名校，竟有本事由陸軍將領，跳槽到空軍航委會，又幹過大學的教務長。父親是那麼三天打漁兩天曬網，但在家中永遠是「老爺」，母親愛他，伺候他，沒有佣人的時候，母親從早忙到晚，父親沒伸過一次幫忙的手。抗戰時住在四川，孩子眾多的家庭，餐桌上難得出現魚肉，母親身體不好，醫生囑她每天必須喝牛奶、吃鷄蛋。爲母親訂了一瓶鮮奶，大半倒進父親稀飯裡。鷄蛋，總是省下來給父親炒一盤葱花炒蛋。

那時候，父親永遠享有獨吃最好食物的特權。記憶裡，他從未對母親表示過半句關懷更別說感謝了！相反的，父親總是高高在上，母親永遠唯命是從，後來甚至弄了個女戲子回來當小老婆，害得原本經濟不寬裕的家庭，更成天吵鬧不休，我甚懷疑母親是不是被迷惑了，怎麼容許丈夫納妾，母親不是和我一樣，反對京戲中薛平貴有了結髮妻王寶釧，又娶代戰公主嗎？人家薛平貴還因爲打仗流落番邦，迫不得已被招爲駙馬，我問母親：「爸爸憑什麼娶小老婆呀？您又不是沒給他生兒子！」母親輕輕歎口氣，告訴我男人都貪多無厭！但母親爲什麼死心塌地愛這男人呢？

頂好笑的是，父親失業我們住外婆家，母親竟然願意成天跟她作對，破壞她和父親感情的小老婆，一併住進自已娘家！當時我和姊姊年紀小，長大後問母親，母親說她同情父親沒地方安置小老婆，祖父不准進門，父親失業又租不起房子：「讓她去那兒呢？怪可憐的！」

母親的言語不僅溶合古典包含之情，亦充滿母性的慈愛！

小時候常怨母親，認爲她不該愛丈夫勝過愛孩子！何況父親實在是不值得她付出感情的大男人！直到我也被一個以死要挾的男子，騙婚懷孕，在母親呵護下分娩，做了年僅十八歲的小母親，我才體會到母親是多麼的愛我。

由於太過年輕，雖然我娘家並不如外婆家富，母親給女兒的照拂，卻一點也不遜外婆對她的照顧。讓我剛懷孕便回娘家久住，母親細心照料我食衣住行。預產期到了陪我住進設備最好的醫院。那天，我經歷女人生平最大折磨痛苦，分娩過程足足廿四小時。當我受盡煎熬好不容易將嬰兒生下了，最讓我安慰的是母親焦急的臉上，化做欣喜的表情！已經夜深了！母親和我都疲累交加的小躺在病房兩張小床上。突然警鈴大作，我們不知是有病人危急的訊號，以爲是火警。這時，我和母親都未想到自身的安危，母親首先躭憂的是我沒穿褲子，如何逃跑？我首先想到是我那剛出生的小嬰兒，他在樓上嬰兒室，怎麼搶救他出來?!

母愛與妻愛，同樣是天地間神奇無比的感情。母親和我都爲此付出了一生。幾年前，我受託編：《母親的愛》。強調的是：「因爲上帝要愛每一個孩子，所以祂賜給我們母親。」現在，我補充：「因爲上帝憐憫男人，所以祂賜下女人！」

榮民之家

說我家是「榮民」之家，讀者一定不信？但卻是實情！因爲，非但我那老伴兒是一位名正言順的退役空軍——榮民。我還有一個在臺北郵局，現任小主管的胞妹名字叫：「榮民」。

由於祖父以孫輩出生地命名，那兒出生的，就叫什麼「民」。如大姐出生漢口叫：「漢民」，大弟出生北平，北平原名「燕京」，故大弟名：「燕民」，我自個兒出生東北長春叫：「長民」，大妹出生四川榮縣，所以才叫：「榮民」。我還有一個小妹，生於四川五通橋叫：「橋民」。

榮民妹妹出生時正值抗日聖戰末期。那時候還沒人將國軍退除役官兵尊稱：「榮民」——表示對國家貢獻良多，是光榮、榮譽的國民之意。大妹來臺唸小學、中學都還沒人取笑她的名字。直到她讀大學，及考進郵政局工作，才有同學、同事拿她的名字開玩笑。先是給她取個外號：「石牌」，榮民總醫院不是在石牌嗎？再就是每每見報上刊出政府如何關懷榮民的新聞，便朝她調侃：石牌妳眞偉大，連總統、行政院長都注重妳的福利！或說：咱們中間，最有錢的大富翁就是劉榮民小姐，您看由南到北，全臺灣她有多少農莊？東南亞首屈一指，設備最好的大教學醫院也是她的！偏偏我這個老妹子出手大方，人緣又好，整天笑口常開，倒也滿像個大富翁。雖然，她不過和您我一般市民同胞只算得小康之家。她丈夫老實忠厚，膝下一兒一女兩個孩子恰恰好而已。由於榮民妹妹熱心公益，全家都虔誠信仰耶穌，深知助人爲快樂之本。所以儘管實際上並不是大富翁，卻比眞正大富翁還富足，成天樂樂和和的，有錢也買不到啊！

再說咱家這位戶長榮民，更甭提多有福啦！這種人天生成永不爲明天憂慮，身處任何困境也不失望不灰心。他是軍人，沒錯，但從未上過前線都在後方工作。遭遇火藥味兒最重的一次，是日本鬼子轟炸四川成都，差點把他炸死！警報解除了，宿舍廠房毀掉一半，人家馬上收拾一下，繼續設計飛機。他是中國第一批到美國學習航空工程的工程師，學成歸來正趕上抗日，敵人將後方補給物資全封鎖了，他們硬試驗成功以木竹材料製造飛機：運兵的、教育的全成功了。那時候，咱們對日本侵略眞的抱定抗戰到底！如果不是美國原子彈，叫小日本鬼子提早投降了，說不定咱家榮民先生設計的飛機，試飛成功後便大量製造生產，而大大派上用場呢！

製造木竹飛機詳細情形，咱家榮民曾自己寫過一篇文章，而且有照片爲證。在報紙副刊發表後，立即被香港《讀者文摘》中文版轉載，且譯成英文刊於世界版上。咱家戶長榮民先生，一直津津樂道他投筆從戎，捨藝術而就國防，並自己傳爲佳話！

榮民節又到了，雖然我這榮家兩位「榮民」，實質上沒有什麼光榮偉大，但她和他努力工作，對國家社會也稍有效勞。在我爲全國勞苦功高榮民父老兄弟賀節的此時，也向自己家的「榮民」致賀一聲。榮民之家，我感到頗與有榮焉！

男生宿舍

也許是命中注定，我一心喜愛女孩，竟生了三名壯丁。

壯丁在小時候，小男孩兒與小女孩兒沒太顯著的差別，一樣餓了吃，睏了睡，舒服時笑，難過時哭。小娃娃嘛，抱在手上肉嘟嘟胖呼呼的，男孩女孩一個樣。

男女小孩漸漸成長，就分別出何謂嬌媚與呆傻。

女孩兒小嘴甜，哄死人不償命。相形之下，男孩兒拙口笨舌，楞頭楞腦。女孩兒在重男輕女的社會中，常能以陰柔佔了很大便宜。

盼望生女兒的母親，兩胎得男後，打破「兩個孩子恰恰好」的規則，意外懷孕後，就希冀來個小三花兒。不料仍舊是個臭小子，只好歎口氣叫道：「多兒！」「兒女是耶和華所賜的產業」，生男產女非人力所能定，雖然老三是多兒，並不比兩個大的失寵。

因爲三個壯丁的年齡間隔各爲八年，老大與小么相差十六歲，叫多兒的小么，受到父親老年添子的加倍疼愛外，又得到兄長視他如子侄般的憐愛。

三壯丁因年齡不同，喜好也各異。老大因曾榮任臺南一中軍樂隊長，兼教會詩班指揮，對音樂頗爲親近。老二受升學壓力，放棄了有一點點天分的小提琴，而玩弄橡皮人兒，看大嬸婆、阿三哥等漫畫書。小么多兒醉心機器人，玩具一大堆。三名壯丁各有所好，倒也相安無事。

有一天，洗衣兼清潔工向我提出加薪要求，爲什麼呢？隔壁五個孩子、兩位大人，共七口，和我家三壯丁、兩大人，共五口，給她同樣的工錢，我家已經多給了，怎麼還要加錢？她說隔壁都是些小女孩，小小的三角褲、花裙子，好洗好晾。我家男生臭襪子、臭球鞋、卡其布厚制服，洗、晾均極費力。我家人口雖少，工作卻累，故須「加錢」！

家裡老爺認爲，清潔工說得有理，我只得乖乖加錢。同時，我突然省悟，全家唯我一人是女生，我等於住進了「男生宿舍」，勢單力薄，我非得立些規矩，伸張女權才行。

首先我規定，媽媽女生掌中饋，料理三餐，男生必須負起三餐後的善後工作，也就是吃飽了喝足了，別忘了洗滌盤碗。

那時多兒小，規定老大、老二輪洗早午兩餐，晚餐盤碗多，則由那個愛在洗碗時唱歌的老男生做，順便給他施展歌喉的機會。

第二，用過的東西，必須物歸原位。一個家應保持明窗淨几、整潔舒適，髒亂是全家的公敵。各人在外忙累一天，由煩亂的街市回家，推門還見一屋子亂，心裡會好過嗎？

我堅持規定，在那兒拿的東西，要放回那兒。吃的當然例外，吃進肚子裡回不了原地，但沒吃完的，還得冰箱的收回冰箱，盒子罐子裡的裝回盒子罐子。報紙有一定存放處，當天的報不許與昨天的舊報混在一塊。雜誌、圖書更不必說，該上架的上架，該進櫥的進櫥。就是小多兒的玩具，玩過後亦須收進紙箱，或放回小床前的櫃上，並排列整齊。衣服、鞋襪等換下來該洗的，要放在待洗衣物處。我並堅持，三個兒子和他們老爸，人一起床，就要立刻摺好被褥。誰不摺床，就不給飯吃！不洗澡，也不給飯吃！

第三，出門回家必須先向老媽打招呼，在外行蹤隨時以電話報告。上班上學是不必報告了，但臨時應朋友邀約，或加班補課遲歸，就得抽空打電話回家說明，不可令老媽擔心掛念。

第四，分擔家事，是一老三小，四個男生應盡的「義務」，也可說是應享的「權利」。想想看，若不是這家的一分子，誰有權到咱們家來享受洗碗之樂？而且，不小心打破摔碎東西，不必賠也不會挨罵。所以，不可在爲家做點工後，索求金錢報酬。孩子們需要零用錢，媽媽自然發給，要買什麼心愛的樂器、書籍、玩具，或去郊遊、看電影等，一律供給開銷。

只要家中經濟許可，老媽絕不小器。

第五，每人在外有何特別遭遇，或喜或憂，都得「說出來」。不願公開宣布的，可暗地稟告老媽。告訴老爸沒用，他除了出餿主意，就是：「沒辦法」、「隨他大自然」，不能解決問題。

以上略分爲五項的公約，壯丁們有的明遵暗違，有的對多錯少，總之，勉強恪守八九不離十啦，還算差強人意。住在男生宿舍，安全感較多，也算有所得。

而舍下一門四男，口才上均屬笨拙。老大、老二酷似乃父，一腦子不合時宜的書呆子思想。小老么雖小，但三歲看大，也瞧不出半點經濟頭腦。這個家庭若想將來有錢，過富裕日子，難嘍！

但人生在世，平安就是福。能得三壯丁，沒災沒病，正常成長，看著各具不同的傻相，倒也有趣，應是傻人有傻福吧。

吾家父與子

我常想，要是將咱家「喜樂」這輩子爲人，和他那種裝聾作啞、從沒正經對待過孩子的「實況」公開出來，實在很適合編成電視劇，說不定收視率還能創第一哩。

若寫成文章，很可能也成爲一部高居排行榜首的小說。

爲什麼不寫呢？早就想寫了，可是每次提筆，回憶起他自己享福叫別人受罪、個人喜樂讓全家苦惱的種種事況，就氣得雙手發抖，書不成行。

專管自己享受喜樂的人有句口頭禪：「氣死人不償命。」說得也是，生氣不生氣操之在我，只怪我沒練到不慍不火的功夫。

曾在某刊物上讀到一首〈不氣歌〉，歌曰：

不氣不氣，不能氣，

氣出病來，無人替。
我若氣死，中他計，
別人氣我，我不氣。

念完〈不氣歌〉，提醒自己快將他們父子對話的摘要寫下，以免日久天長忘光了。

爲了長幼有序，就由老大說起。打從懷了老大，回娘家省親，一直省到兒子快一歲了，才和他有「福」的爸爸團聚。他教給正學說話的兒子，爸爸和媽媽的名字。

老大是個乖乖牌幼兒，很老實，小時候很瘦，頭顯得特別大。問他爸爸叫什麼？他把爸爸名字說得很正確；再問他媽媽的名字，他搖著大腦袋，使大勁說出五個字：「媽媽糊塗蟲！」

那年我才十八歲，爲救他一命，怕他求婚未遂眞「走到沒人地方去死」，才那麼善心好意讓他美夢成眞。又沒讓他著半點急，流一滴汗，白白得了個兒子，他不感激涕零也就罷了，竟教我呀呀學語的兒子，叫媽媽是「糊塗蟲」，您說氣不氣人哪？

他既沒錢又沒顯赫家世，又大我那麼多，全因我父親不在，母親心軟，我又太年輕，他才如願以償。不錯，我是糊塗，他不想想，若不糊塗，能那樣受騙嗎？

唉，這些暫且略過不表，且說兒子的成長階段、求學過程。孩子小的時候，他下了班偶爾也抱抱他們，哄哄他們玩；其實也是哄他自己玩，讓自己開心。因爲他往往才抱一會，不管我是否正佔著手在忙，或是才洗完大盆衣裳，還是剛由菜場回來想歇歇腿喘口氣，他會趕緊把孩子朝我懷裡送，口說：「物歸原主啦！」

到底是誰的兒子啊？當爸爸的神氣威風歸他，養孩子吃苦受累就歸給我這個原主啦。好不容易將孩子拉拔大，還要落個糊塗媽媽，不懂得怎麼教養孩子哩。

幸好三個孩子間隔長，老大、老二、老三各隔八歲。當爸爸的可從未動過奶瓶尿布，他不會嘛！但誰又天生就會呢？三個孩子生病，當爸爸的也沒單獨帶他們去看過一次醫生；理由是他對上醫院恐懼，怕見血，會過敏。

孩子拔牙，他也絕不肯跟著去，說是不忍見孩子受罪。

大兒子讀書用功，從不令父母操心。但因爲遺傳了他爸的過敏體質（他給孩子最大的禮物，就是老大老二都有過敏體質），有時哮喘，有時起風疹塊。大兒讀初中時，一天放學回家，進門見他爸坐在客廳看報，向爸爸訴苦，說今年身上又出了風疹塊，又疼又癢很難受。作爸爸的眼皮也不擡，沒好氣地回答：「你別問我，我不是醫生。」

孩子也生氣回嘴了，哭著說：「我問您，因爲您是我爸爸！」

像這種只可同甘、不能共苦的父親，還很少見吧？

記得大兒升初中，正逢惡補盛行，升學競爭激烈。因兒子身體不太強壯，我捨不得他每天和同級小朋友一般，黃昏才走出校門又鑽進補習班。我安排晚飯後時間，在家替他複習。當年小學升初中的聯考，常識科包括歷史地理公民自然，助孩子複習的方法很簡單，就是我拿著課本問，他答。

好像某天晚上我有點事，拜託他爸爸代班。他竟打著呵欠懶洋洋地，連孩子的書都不翻一下，莫名其妙地問了句：「羅斯福是怎麼回事？」孩子滿心都在爲聯考焦慮，拼命爭取時間溫習，聽這沒正經的老爸胡亂發問，硬是哭了起來。

別看他不耐煩教孩子功課，可喜歡跟孩子聊天，發表謬論，讓孩子作他的忠實聽眾。直到現在，只要我不干涉，不管那個孩子明天要上學，甚至大早起來孩子要出門趕車上班，他打開了話匣子，就說個沒完沒了。話題內容多屬批判性或牢騷式，而且語音高分貝。

難以釋懷的是老二讀高中時，竟將他爸不知由誰的文章或言論中提到的「中國有三害，立、監委、國大代」，原封不動抄進他的「生活週記」裡，再加上青少年血氣方剛，文中還有些不滿現實的話語；當時又還未解嚴，禁忌甚多，若不是我消息靈通，趕忙到學校向老二的國文老師、軍訓教官解釋，否則他即使不被學校開除，也會記兩個大過。

這位爸爸讀《聖經》時，看見「喜樂」二字，就用紅筆圈起來，心滿意足於他自己的喜樂；完全不記得《聖經》中要作爸爸的多管教孩子，而且不可惹孩子的氣。他專門惹孩子生氣，但孩子都很敬愛他，比之對我這個勞苦功高的老媽更甚。

如今三個孩子有兩個博士，最小的也在臺灣大學畢業服完兵役了。

那爸爸從不曉得孩子大中小學任何一位老師姓啥名誰，更不曾爲孩子前途費心傷神過，全靠「隨他們大自然」作了最佳護身符。

風箱世家

小時候在北京老家，胡同裡常有補鍋的來兜攬生意。孩子們對他做工時的道具——用來吹旺小火爐的「風箱」，總是很感興趣。

「風箱」是種手拉送風的土製工具，拉的時候發出「嘎—咕—嘎—咕—」的聲音。那聲音雖然單調，但在當時缺乏玩具的時代，聽來也蠻好玩的。

孰能料到，小女孩長大後，嘎咕嘎咕的聲音，竟成了她最憂慮恐懼之事。

我是基督徒，從不信什麼命中注定。因爲我相信，掌管宇宙萬物、人類生命的上帝，是「愛」的創始成終者，只要信靠、仰望祂，祂就不會讓任何受造之人遭遇壞命歹運。

我之不幸「受騙」嫁與「風箱世家」的後代，實因缺少知識之故。換句話說，就是「有夠傻的」！傻到人家說，如果不跟他結婚，他會走到沒人的地方去「死」，就束手無策。而且當時十六、七歲，父親離家不返，母親善良厚道，連向「逼婚者」查問一下「你有什麼暗疾沒有?」也不懂。就這樣莫名其妙地，讓他娶走了貌美可人的小女兒！

生老大那年，我十八歲。我在四川娘家受照顧給夫家傳宗接代，陣痛廿四小時才產下大兒。當時孩子的父親在南京，因哮喘病也住進醫院，也掙扎了廿四小時才免於一死。消息傳來，我正因不會撫育嬰兒而惶恐疲憊，頭一次聽見「哮喘病」名詞，然而從此就被它糾纏了幾十年。

「早知你有這禍延子孫的毛病，怎麼騙也不會嫁給你的！」

「我騙妳?那誰騙我啊?!」

每次讓家中一大兩小，三個哮喘病號折磨得我心力交瘁時，氣得我忍不住要找「禍首」算帳，指責他以死來騙婚時，沒將身有「惡疾」坦白相告。

他總是矢口否認，並發誓婚前絕對不知自己身懷此會遺傳的毛病，還一副無辜受害者的模樣。

「哮喘病」其實就是種先天過敏症，本省人叫「嗄龜喘」，與西洋人易得的「花粉熱」同宗。平時好人一個，發作時天翻地覆，痛苦不堪。

「哮喘」病名之下，發病的季節、時間、原因、症狀，因人而異。有的一入冬就開始犯喘，有的則在颱風頻繁的夏季容易犯喘。又各人有其會過敏的食物，有的不能吃魚蝦海鮮，有的應避食牛羊肉。有人怕灰塵、霉物及「DDT」等異味，有人最怕著涼感冒。還有人不能生氣，不能著急，要起居正常，營養均衡，不能忙不能累，不能狂喜大樂，以防樂極生悲。

例如我家大號風箱，有次犯大喘，便是和朋友說笑，笑過了頭，造成麻煩一一九救護車送到中心診所急救、住院一週的記錄。

身爲哮喘病夫之妻、哮喘病兒之母，常年擔任貼身護士之後，所謂「久病成良醫」，對哮喘病之各種症狀，和應注意事項，敢說已不下於哮喘病患者了。而夜半醒來，昏沈沈中耳畔傳來「嘎—咕—嘎—咕」之聲，聲聲入耳，彷彿是由自己的氣管發出，喉嚨亦有愈來愈緊的滋味，已成家常便飯。

在如此情況下生活，由大兒未滿兩歲，到他廿二歲大學畢業，整整廿年，我都在哮喘病魔陰影下，過著「水深火熱」的日子。

「哮喘病」其實就是氣管裡長了風疹塊。皮膚上長風疹，往往愈抓愈癢，愈急長得愈多；先只是脖子、身上起了一點風疹，如果忍不住去抓，愈抓就長得愈多，最後往往會長滿全身，連頭皮亦無法倖免。

氣管是用來呼吸的，如果長了風疹，該有多難受?!呼吸不順，漸漸會覺得要嚮死了，可想而知有多可怕。

哮喘患者常咳嗽不停，噴嚏連連，涕泗橫流，有吐不完的痰和口水，眞是又髒又可憐。

最可憐的是在夜晚，呼吸不順，睡不安枕，大人還曉得在難受時將枕頭墊高，或暫且坐起身來調整呼吸；小孩因爲不會說，往往憋得小臉發青發紫。

尤其我的二兒子，剛脫離嬰兒期就喘上了；經常得抱著他看小兒科。往後直到他念了中學，才漸少犯病。最嚴重的是他小學階段，二、三年級時尤甚，平均每個月要住一次小兒科病房。由南到北，全臺有名的小兒科醫生都拜訪過了，臺北的余秉溪大夫還封他爲「頑固小兒氣喘病童」。

醫生給哮喘病患開的處方，多半是含有痲黃素的止喘藥，及腎上腺賀爾蒙「可體松」（即「美國仙丹」），副作用極大。咱們哮喘世家三位成員，遍嚐中外名藥及偏方，還時常得住院打點滴、接氧氣。有段日子經常碰上三父子同時犯病，我得服侍老的又照顧小的，有時整夜沒合眼，第二天還得強打起精神安排請醫生或上醫院。

最嚴重的是有次我守在老二的小兒科病房內，四天四夜沒睡覺。最驚險的一次則是那禍首老爸，差點兒斷了氣，我一直爲他由黑夜祈禱到天明。那是大兒念大四時，他老爸那天原本沒喘，只是有點咳嗽，晚飯時和我們一起吃了，放下筷子不久，他突然說不對勁，要上醫院。

去醫院的車子裡，他緊握著大兒和我的手，央求我們爲他禱告，臉上現出從未有過的懼怕。那一夜他自動向我認了許多罪，說自己不該譏笑基督徒，求上帝寬恕，還頻頻喊出「耶穌救命」，並要我不停爲他禱告。

人都是這樣，總要走到盡頭時才肯謙卑。經過向耶穌叫救命的一夜，奇蹟似地，隨著天亮來到，孩子老爸的呼吸竟無比順暢起來，據他自己形容：「上帝給我換了個新肺。」

我猜想他之所以感覺像換了新肺，是那一夜完全將自己交託給至高者，不再憂慮，哮喘病魔就無計可施。

我們常勸病人要有信心，有恢復健康的意志，就必能戰勝疾病。俗話說：「三分醫藥七分信心」，醫生治得了病，治不了「命」。這「命」就掌握在你我自己手中。

奉勸哮喘病朋友，要達觀樂觀，努力走出疾病的陰影，像我家一樣。

天倫團聚

遷來新居未及一月，越洋電話傳來老大保健的聲音，興奮的稟告媽媽，他們已決定回臺灣過年了！

搬家忙亂中，竟不知「年」之將至，而且只有四天便是除夕。別說過年吃的、用的，樣樣都沒準備，就連房間也沒完全收拾妥當。但想起大兒出國念書以來，返臺省親多半在暑假，已經很久沒在家過年，沒和爸媽一塊闔家團聚過傳統春節。異鄉族人，逢年過節，雖然也象徵性的約了教會中國人，在一起包個餃子，穿棉袍舉行點中國味兒的餘興節目，總比不上回家過年歡欣。所以，保健興奮之情，是可以想到的。

接下來，繼保健返臺過年，老二保貞竟也在越洋電話傳來好消息。說他獲《中國時報》贈送機票，返臺親自領取國家文藝獎。保貞散文得國家文藝獎，是僥倖，也是上帝的恩典，獎金已列入購屋補助，本不擬回來領獎，交由老媽代領。如今意外得到機票，回來團聚並看新房子，保眞興奮之情，並不下於他大哥。

人逢喜事精神爽，原本就「喜樂」的戶長，知道兩個大兒子要回來了，自然更加喜樂，他一向自己喜樂叫別人憂慮。年終歲首，兩個兒子遠自兩大洋趕回家來，除了「喜樂」之外，總得準備些吃的喝的迎接他們吧？何況兒子、媳婦、小孫女兒一下子增加四口人，安排住處，床單被褥都得預備舒齊。這一切，又全是在下小民專職，喜樂祇喜樂得唱歌等待當爺爺當爸爸是也！

快馬加鞭，在喜樂歌聲中，我和剛放寒假的小兒子保康，採買烹煮，由兩兒愛吃的家鄉菜、水果點心零食，到孫女兒的新衣玩具。短短兩天之內，馬不停蹄的備好了。中正機場接回孩子們，北美來的、北歐來的，見了面免不了有些親熱鏡頭。老大比較含蓄，老二就會熱情的擁抱一下爸媽和小弟，而那種久別重逢，眉宇間掩不住的親情喜悅，則老大老二都有的。

人多好過年，過年就是要人多才熱鬧。母親看見她擺出來熱的飯菜，兒子們吃得津津有味，再忙也高興，滿桌子大碗大盤吃得精光，老媽可有成就感啦！每天大早，老媽都專程給兒子打豆漿、買油條。剛出爐的燒餅夾新炸好的油條，香酥可口，任什麼漢堡麥當勞，都比不上。兒子們久不嚐道地家鄉味，粽子、湯圓、米乳、蚵仔麵線、豆沙包、小籠包……等，天天換著樣兒吃早餐。又一同到街上吃他們記憶中想念的小館子，如老張牛肉麵、鼎豐湯包、紅豆鬆糕、京兆尹奶酪、涼糕、豌豆兒黃、驢打滾，圓環蚵仔煎、以及冬瓜茶、甘蔗汁。這是國外不容易吃到的，都一一品嚐回味，以了心願。

媳婦南下回娘家，老大和小孫女留在臺北幫助媽媽整理東西。晚上打開紙箱，將搬過來的各物分門別類，有用的留下，無用的和小弟擡出去丟到垃圾箱。白天朋友同學相約來訪，邀宴不絕。能推的都推掉了，難得返家過年，寧可和媽媽上菜場採購，一同包餃子做飯。或將小時候的相片取出來，給三歲的小女兒看：

「這是爸爸和小叔叔哪！」

「這是奶奶抱著爸爸咧！」

小娃兒睜大了眼，十分不信的樣子。明明一個高大的爸爸，怎麼變得那樣一點兒小？臺北的市聲，小娃兒聽著也奇怪。每當收買舊報紙的喇叭和沙啞的喊聲，在樓下響起，她爸爸覺得親切，在異國出生的小娃兒，卻拍著小胸脯嚷：「怕怕！」

老二比老大更勤快，澆花培土、買盆景。將三個陽臺佈置得花木扶疏，綠意盎然。擦地洗碗不遺餘力，最喜歡全家圍坐餐桌喝茶聊天。兄弟倆吹牛資料不同，蓋功可不相上下。想起老大載老二學小提琴，每天騎腳踏車接送，每天總要讓老二哭一次。老大也就每天被他爸爸罵一回。那時候，住在南部寬房大院，孩子活動的空間大。三兄弟最受寵的，就是老么保康。因爲兩個哥哥大了許多歲，保康名叫多兒其實最寶貝。大哥和二哥有時吵架，可是都哄小么兒玩。那時候，孩子們都小，做母親成天忙碌，日子彷彿更踏實些！

相聚時間過得快，短短三個禮拜，轉瞬就過去了。中正機場怎麼接回他們，又怎麼送走他們。兩兄弟先後返回各自僑居地，老大繼續他癌症藥物研究，老二接著寫論文完成博士學位。

謹將天倫之情，攝入一張「全家福」照片紀念！留給家中的老爸老媽！

蒙福受惠的笨人

咱家那個自己「喜樂」，光叫別人生氣的老男生，一向自以爲聰明，其實才有夠笨的！

他永遠不認人，也不識路！

跟他在街上遇見一位先生，和他打招呼。他滿熱絡的和這位先生說話，要爲我介紹卻張口結舌道不出人家姓名！家裡的熟人、遠近鄰居，他很少說對別人姓啥？在那兒工作，幹那行的，就「更不知道」了。若問他，不是給人家錯配鴛鴦，就是張冠李戴！

偶然在社交場合，有人給他介紹什麼先生，什麼女士，他和人家握手寒暄一番。剛鬆開手，就不記得這人尊姓大名了！他自己也承認。

他的辦公室，位於敦化南路口，和平東路三段一帶，每天走路上下班。有一次，我倆到成功新村看朋友回來，在和平東路上走，這條路他已經走了十五、六年了。他跟著我後頭嚷：「這到底是那兒呀？我可不知道哇！」

他永遠不記路，記不得路。一塊出門，都是我負責搭車、找車。若由他告訴司機先生地址，由那條路走？必定白費口舌，也說不清楚！朋友請我們全家到南京西路的「天廚」吃飯，他由辦公室去，我和孩子由家裡去。他先畫了個圖，指示我們由中山北路地下道，右轉上去，害我們找了好久，原來是左轉。大熱天，在地下道爬上爬下，累出一身大汗，火冒三丈。那時候我還沒去過天廚，而他去過好幾回了。

他健忘的毛病，也是世界第一等的。每天下班回家，進門脫鞋，然後隨手將公事包、眼鏡、手錶、錢包等雜物，任意放在書架或矮櫃，還是意想不到的啥地方。第二天，要出門時，找不到了。找不到就賴我拿了。尤其他擦眼鏡的那塊布，天天亂放，有時明明在他口袋裡，卻找遍大江南北。眼鏡更常騎驢找驢，臉上戴著老花眼鏡，叫我幫忙找眼鏡，我不理他，轉向多兒：

「多兒乖，快給爸找眼鏡！」

多兒四處尋找，連洗手間、字紙簍都翻過了，回頭發現眼鏡端戴在老爸臉上。他做什麼都離不開老花眼鏡，睡著了也戴著，還會遺失？

有時我出門幾天，告訴他一些要注意事項，說三五遍他也記不住：

「給我寫出來！」

遵命給他寫在紙條上，放在電話機旁，到時候仍然忘了。他會說不知道妳寫在哪兒了！氣得我快要吐血，條子放在電話機邊上，又叫他看過，他能「不知道」？

忙不過來，請他到市場買點東西，也得寫出來。否則即使只買兩個蘿蔔，他有本事買回一把大葱。可恨的是，還要賴我本來就叫他買大葱！更可恨的，有一天晚上，他在廚房找夜食，開水沒有了，我燒上一壺請他看一下。他是晚上不睡、早上不起的人。我每天清晨不到五點便睜開眼，晚上也就沒精神熬夜。叫他看著開水，他嘴裡答應過，眼睛也看過爐子上的開水壺，結果他忘了，開水燒了一夜，幸虧我起得早，再晚點，水壺便燒紅了，好險！

我氣得要命，把他叫醒，他竟然推說我沒拜託他看開水：

「訛人哪！誰燒開水，誰看著！」

說著他翻身起床，用奇異墨筆寫「誰燒開水誰看著」，七個大墨字在白紙，以強力膠貼在廚房爐子後面牆上。眞可惡呀，日後，他還常取笑我，連燒開水都燒糊了！

他也記不得三個兒子的事，弄不清那個孩子念幾年級了。糊塗到老二已進了大學，還問我什麼時候大專聯考？最叫人受不了的，是他愛現，逢到賓客雲集、喜慶歡樂的場合，他就忍不住喜樂得想唱歌，可又記不住歌詞！一次在教會慶祝聖誕節禮拜上，他又自告奮勇上臺獻唱一曲：「白色聖誕」。沒想到大家掌聲始息，他祇唱了兩句，便呆在臺上白瞪眼。害死我和保眞、保康兩個兒子，羞得恨無地縫可鑽！

事後，我嚴重警告他，絕對不可在大庭廣衆之下唱歌！要唱就去浴室唱，頂多可在廚房洗碗時候，自己過過歌癮！

他講話多詞不達意，請朋友替他老遠的買一套西裝，他說要「鉛筆黑」色。朋友買了黑西裝，誰知道他是要「灰」西裝。中國人哪兒聽過「深灰」就叫「鉛筆黑」？他對油漆工說顏色「要白！」油漆工將原來藍色，改漆成白色，他大氣說人家笨。其實人家才不笨呢，普天下誰認爲「淺一點」是「要白」？他要淺藍色，就說淺一點，淡一點的藍不就行了？要白，白癡才要白呢！

遇見他不想做，或不會做什麼，他的格言：

「我不是做那個的人！」

他不說自己無能。寫文章也是，自己不能寫推說他不是寫那種文章的人！他是做什麼的人呢？專寫別人不需要看，人家不感興趣的文章的人。一篇文稿，還改了又改，抄了又抄，有時記不得那篇是最後謄清的，反而把草稿寄走了。有時他弄丟了，便賴我藏了起來！

他將鈔票摺成一張一小條，百元、五百、千元一律看待。他說這樣錢不致花錯，一抽就是一張。唉！喜愛叫別人生氣的事件，多得不勝枚舉。很不解，像他如此笨人，當初怎麼想出騙婚的苦肉計？而竟一計得逞，一輩子蒙福受惠，一輩子不憂不慮，凡事「由他大自然！」

想想，到底我還比他更笨。不然怎會被他以死要挾，信以爲眞，怕鬧人命而受騙呢？寃枉啊！

家有笨夫

「聯合副刊」消夏專題之一「文人其笨」中，內容逗趣，甚受歡迎。八篇文章內，泰半笨事出於「大而化之」，或是因爲「土」，並非眞笨。唯拙文中喜樂之笨，確實是笨，而且，笨得出奇！

文友及讀者們不知詳情，紛紛爲喜樂抱不平，質問我，喜樂果如我形容之笨態，怎會畫北平？

畫北平，正是未曾道及之笨事之一。讀者只見他一幅幅小畫兒，畫得傳眞細緻，卻不知每幅費了我多少唇舌，軟硬兼施，加油催生，才得完成。

每次我想好題材，寫出短文，要他配圖，他總是先推：「不會畫」，或：「沒見過」。勉強起個草圖，又離我所寫的相距甚遠，大都文不對題。

經我再三威脅利誘，他才懶懶地依文起稿。畫稿完成差不多了，第二步是將之描在透明繪圖紙上。他喜歡用透明紙畫，因爲可以反面正面輪流畫，便於擦改。

就這樣擦擦改改，正面畫三天，反面畫三天，反反正正又三天。其進度之慢，賽過老牛拉破車。因爲他常面對畫稿發呆，又時常「沒精神」。他永遠是攤開畫稿，瞌睡蟲便來了，立刻就得去睡個小覺。要不，就是肚子沒食，需要吃點心了。他忠實服膺——「睏了就睡，餓了就吃」的保健原則。

等他睡夠了，吃足了，還有多少可憐的剩餘時間，供他擦擦改改地畫呢？

終於，比產婦分娩還艱難困苦，好不容易畫成了一幅，又得掛在牆上瞧三天。看有毛病沒有哇，不能上午的太陽出現下午的陰影；又不能北京東城的牌樓，畫成了西城。我眞沒聽說過，這麼一幅小畫，得講究那麼多，誰會注意呢？

可惜的是，他千小心萬小心，卻將搖煤球的腰間掛的旱菸袋，口兒朝下，豈不是害那搖煤球的，一抽菸就一口菸油?!他又忘了給賣煮白薯老頭的衣裳開大襟，叫老頭裹塊白布！這不是「笨」是什麼呢？還有，若不是笨，能讓我把北京的大杏，明明直徑只有四公分，形容成四十公分的大西瓜、大籃球嗎？我用他供給的笨資料，招來多少笑話，一時列舉不完，實在太多了！好在後來我根本不向他請教，以免上當。

他自認是男性服飾專家，常批評別人穿著不大方、沒品味。還在郵購雜誌上，他開的

「喜樂專欄」中，大談男性西裝如何才美觀舒適，並附自繪插圖。他自己卻搶我給妹妹買的女人大號棉褲穿，而且他的棉毛褲要剪成開襠褲，爲的是——透風；棉毛衫要反著穿，因爲才光滑；襪子都在腳心剪道口子，背心要在背上寫個「背」字免得前後穿錯，眞是三歲小孩都不如！

婚前他的記性挺好，婚後便記不得我的生日了。有回在我生日前兩天，他下班回家，捧著一個紫色的陶磁碗（其實是連盤子的大杯，有把兒的），說是特地買來給我吃麵用的。我喜歡吃湯麵，說紫碗配我的紫色衣服，多好看！他還說他掏光了身上所有的錢，才買到的，很貴唷！

我頗感動，以爲是他送我的生日禮物。隔不多久，他面有慚色地告訴我，原來那好貴的紫色「碗」，不是餐具，而是德國人夜間的臥室用品！您猜到是什麼了吧？是「夜壺」！幸好我不曾眞用來裝麵！

仗著他是北平人，會說國語，就專愛挑別人語病。每晩全家讀《聖經》時，誰要是發音有點兒不準，他立卽糾正。其實他對語言方面，十足是個大低能兒。抗戰時在四川七、八年，就只學會一句「啥子？」（什麼）；來臺四十幾年，臺語聽得懂的，也只有「呷繃」「氣頭」等少之又少的幾句。

我跟他學英文，一個名詞問過他兩回，便不耐煩了，說教我這個笨學生，非氣得上吊不可。他跟我學一句臺灣話「豬骨」，至少教了十次，至今他仍說不對音，我豈不該上吊加跳河了?!

跟朋友一塊兒吃飯，那才笨呢，不管人家請他，還是他請別人，他都是只顧得了自己。口裡說請客人：「多吃、多吃」，卻總是把好菜先挾進自己嘴裡，其實是叫他自己「多吃」！而且客人一來，他便變成一副客人狀了，跟客人一起樂呵呵的，等我和孩子伺候。

平時他老是自誇「姜鐵嘴」，說遇事叫他一料就中，而沾沾自喜。實際上他該算「姜跌嘴」才對，我大妹考郵局時，他說她若考得上，他就當郵政局長。後來大妹考上了，又連連升等，如今更榮任支局局長了，他只有白跌嘴。

我小妹考大學，他又說：「要是小妹考上大學，我給她磕三個響頭。」小妹一舉高中大學第一志願，他半個頭也沒磕。

諸如此類長他人志氣、滅自己威風的言語還多著呢，這麼不會說話，眞能直追傻女婿！

尤有笨者，一向他自誇巧手慧心，十項全能。但家裡電器經他一碰，準壞無疑。有時明明是小毛病，讓他一頓拆弄，不是變成大毛病，治聾變啞了，便是根本報廢不能要了。若要責問他，他便說：「那東西自己要壞，能怪我嗎?」

有一次，他趁我出門兩天，將家裡大小擦腳墊，一股腦丟進洗衣機洗，當下將洗衣槽馬達累壞，通水孔也塞住。洗衣機我用得好好的，讓他一用，壽終正寢。

又有一次，我和孩子去中央菜市買菜，請他先將冰箱化冰。那是一臺原裝自動化冰，用了十八年的小冰箱，式樣雖老舊，功能卻絲毫不差。誰知他老兄按了退冰鈕，便坐在沙發上喝茶看報。我們買菜回來，冰箱馬達已發不動了。原來他笨得用擀麵棍將退冰鈕抵住，不准它跳回來，活活燒壞了電門及馬達……。

想想看，與這種笨人生活在一個屋頂下，要想不被氣傻也難。

如果您發現小民也做了些呆頭呆腦的傻事，請別見笑，那都是給喜樂氣出來的。

他這個人！

已經跟自己說了三遍：「不要生氣！」

可是，怎麼能不氣？好心好意燉一鍋鷄湯，剛端上桌子，以爲他會歡呼，豈知他瞧了一眼慢呑呑的說：「又是清水煮鷄湯！等於喝鷄的洗澡水！」

「這是清水煮鷄湯呀？你看看有多少香菇？」

「不管有什麼，煮鷄湯不放花椒，就是鷄洗澡水味兒！」

清燉鷄湯放花椒呀？別土包子啦！聽都沒聽說過！要說男人上了年紀，老頑固的脾氣就顯出來了，也不盡然！人家夏元瑜老鄉、何凡老鄉不都隨和得很，一點兒也不挑食。那像咱家這口子，吃魚嫌有刺、嫌腥，吃肉怕塞牙，蘿蔔說臭蘿蔔，絲瓜有土氣，筍類有草酸，馬鈴薯是澱粉質不能當菜……，連小白菜豆腐湯他也有抱怨，說小白菜叫他牙受不了，好像吃兩層玻璃紙夾一層麻繩子！

好像他是多了不起的闊老爺呢，其實他從來沒有闊過，只不過溫飽小康過了大半輩子。他那些異於常人，不近情理的餐桌妙論，雖然有時教我這個家煮婦，忍不住生氣罵他幾句，不理他就算了！而且，他的飲食也好對付，從不要求一餐幾菜幾湯，好歹吃飽就行了！他總是強調自己伙食好打發：「兩個蛋糕，一個果汁，就是一頓飯。」確實如此，只吃果汁蛋糕，他也能當一頓飯，但長期如此吃，營養不失調嗎？

少年夫妻老來伴，儘管這個人不懂夫妻相處讚美的藝術，爲了他的健康，我還是費心費事給他包餃子、川丸子、買無刺不腥的高級魚，連蔬菜都煮得爛爛的像給沒牙人吃的一樣。又經常給他熬紅棗蓮子粥、綠豆稀飯、做豆沙包。每次他吃得大飽二足，看完六大張報（他吃飯看報積習難改，說是吃飯時看報最適宜，嘴巴沒空眼睛有空！）離開餐桌，然後一屁股坐在客廳電視機前看夜間新聞，新聞播報完畢，三催四請，他才肯到廚房去洗碗。

長期生活在四男一女，形同男生宿舍家庭，「不洗碗」是我這唯一女性爭取到的權益。以前他和三名壯丁兒子輪流洗碗，現在只剩下他一個老男生，洗碗還不是他的專利！

老伴與禱告

我們家裡，老伴兒是最後一個決志受洗的。

受洗以前，他對我們全家：包括我的母親、兩個妹妹，及孩子們，每個星期天到教堂做禮拜，並不反對。若要邀他一同去，他必定會說：

「不要勉強，不要勉強，各人信教自由！」

若遇見教會牧師、或長老來家探訪，他能躲則躲。躲避不及，便像招待普通朋友一般，隨便打哈哈談天氣問好，絕對不談信不信上帝，怕說了難爲情！

其實他心裡早已設防，也曾不祇一次向我宣稱，他不信教是因爲無此必要。他認爲，去教堂做禮拜，不是心靈空虛尋求寄託，就是幹過壞事去懺悔的。

他當然沒幹過壞事，祇不過偶爾罵罵人、「放把火」，恨那個希望他「死了」才痛快的人而已！至於私下藉口偷懶，不爲養兒、育兒、教兒操心費神，更不容爲日常生活所需憂慮，專顧自己吃飽睡好，從不承認虧欠了自己妻子，凡事只求自個兒舒服等等行爲，在他的標準看來他不偷不搶，完全是個大好人，還上教堂聚會幹嘛？

至於禱告嘛，他也是不反對，但我們不能強迫他跟家人一同禱告。他說：

「禱告自由，我心裡禱告就成了，妳別管我！」

誰要管他呢，反正那時結婚已廿多年，無論生活上遭遇什麼困難，上帝都會自動設法代爲應付。孩子讀書、升學，不都是一帆風順嗎？上帝自然會保佑的，別窮禱告啦，麻煩了上帝老人家，說不定嫌煩了祂老人家，怪妳碎嘴子嘮叨！

那麼，他禱不禱告呢？「心裡」禱告怎麼禱法？禱告多長多久呢？過去我無從知曉，有一回，他心裡盼望上司批准動用全套新儀器，急得不得了。那時候他服務一家大汽車製造公司，職位是設計室主任。新儀器原是他申購的，價值昂貴。公司買來了，一時捨不得發給他用。但工欲善其事必先利其器，新儀器不但使他工作順利，也教他在同事間有面子。

他悄悄告訴我，已經「禱告」過了，不知道靈不靈？

我問他用什麼心態，什麼語氣禱告的？他說：

「嗨！就是你們平常禱告那樣兒，垂頭閉眼，兩手交握說，請求上帝保佑快點得到新儀器呀！」

叫他禱告一次給我看，他不肯了。問他是不是禱告不靈，以後就不再禱告了呢？他不回答。好在上帝聽了他的禱告，過沒幾天，全套新儀器交給了他。

我仍然勸他看《聖經》，去教會禮拜，仍然勸不動。我只好歎口氣和朋友說，他這樣頑固如牛的個性，我沒法子再浪費口舌了。想不到，上主竟藉著他一次犯了哮喘病，使他禱告：「上帝救命、耶穌救命！」如此禱告了個通宵，呼喊救命之際，並不斷承認他是「罪人」。黑夜過去，黎明來到，曙光初露時，這位自稱是大好人的，再不敢硬著頸項拒絕信主了。理由是：

「我叫了人家上帝耶穌一整夜，那能再過河拆橋？」

那是他生命中最長的一夜，也是他禱告最長的一次。

從那以後，他受洗禮接受基督，二十多年未間斷做禮拜。只是禱告力求簡短，讀經最怕讀到「家譜」，說實在弄不清那繁複的人名姓氏，誰是誰的父母、誰是誰的後代，他不願傷腦筋，記不住！

兒子說記不住沒關係，又沒人要考老爸。但他還是不耐煩讀，祇好跳過去！多年前，實施晚間就寢前全家讀經、禱告，輪到他禱告時，十分言簡意賅，三言兩語便說「阿門」。我因爲身負爲親戚朋友、國家社會代禱的重任，有時難免費時長一點。我這邊還在祈禱，他那邊已經穩穩率率在做自己的事了。

「禱告不必那麼長，太長了上帝記不住你求些什麼。」

兒子問他忘了叫上帝救命那夜，媽媽坐在急診室，跟他一塊禱告到天亮，長不長？他避而不答。分明又過河拆橋啦！好在臺灣常常地震，一地震，鐵定您會聽見他情急意切的禱告：

「耶穌快救我們呀！我們都是罪人……」

地震多長，他的禱告就有多長。而且，絕對的虔誠、絕對的謙卑！絕對的不敷衍了事！

有時我也會不由己的，爲了自己一生抱屈。特別是爲這個自己「喜樂」，卻不管別人生不生氣的老伴，永遠將自己放在第一、固執、不按牌理出牌的待人方式，常叫我再三自問，爲什麼同情、相信他的老實模樣？

尤其當我家務做累了，他閒閒的坐等我這四十幾年不支薪、不休假的老媽子伺候時，我嘴上便禁不住叨嘮他怪好命啊，騙了個婚就享受一輩子！

說他「騙婚」，是因他求親時開出的支票，沒有一張兌現的。當初他揚言，如果娶不到我，就要走到「荒郊野外」去「死」。其實未必，因自殺也需要勇氣。但我相信，他娶不到我，肯定是極大的打擊，所受的創傷一輩子都很難平復。那時沾光抗戰勝利，他考上去美受訓，急著要完成終身大事。但他一無住處，二無財力，就不知道怎麼會結成婚的？當時我還很小，父親走了，媽又心軟。我的二弟十一歲，他說得好：

「姜二哥和二姐結了婚，住我們家的房子，在我們家吃飯，還要貼個紅紙，寫是：『姜宅』！」

想想，他是幸運吧？更幸運的是他「騙婚」成功，反又不去美國了，因爲上級調他到南京空軍總部工作。我過不慣小老媽子的生活，回娘家住時，已懷孕兩個月了，直到孩子生下周歲的時候，才和他團聚。這有福之人不流汗不著急，也無需籌太太生產費用，白白的還添了個大兒子。

因爲一切得來太容易，養成他不負責任的習慣。三個兒子從小到大，他從未操心孩子的升學問題等等，孩子身體健康也不勞他費心，反正事事隨他們「大自然」！這就是他的人生觀、口頭禪。另一個口頭禪是遇見麻煩事，他的腦子就「停擺了」——也就是都別問他，凡事他都不管啦！

奇怪的是，這人大半輩子沒付出，做過三個機關職員，稍不順心便掛冠求去，故所以沒拿過半份退休金，卻仍然不愁衣食。（絕不是有祖產，他家窮極了！）

我敢說他一定暗地禱告求助過，包括「騙婚」關頭的迫切禱告，不然此人怎麼如此幸運？

只是，他以前不知道向上主求，祇叫老天爺吧？

永難割捨唯有「家」

一日將盡，黃昏暮色中，所有的窗口都亮出了燈光。所有的歸人，正奔向回家的路上。我在小巷口遇見兩位年輕朋友，問他們去那兒？

兩人同時以喜悅聲音說道：「回家！」

回家多麼寬懷安慰，回家多麼歡喜快樂。有家可回的人，是最幸福的人。孩子在家中得到無限的關愛，父母藉著家，施展仁慈，付出親情。

「家」是由一位名叫「主婦」的女人，掌管負責。有了她，才能讓一處房子，成爲一個家的。世界上每個家的成員，各不相同。或有祖父母，或沒有。或父母雙全，或單親，少不了的是做母親的主婦。

我曾由一個三代同堂、熱鬧嘈雜的家中，步向失父有母的童年。物資生活雖不富裕，卻能在母親茹苦含辛撫育下，長大成人。繼母親之後，我自己也成爲三個男孩的母親。我將母親給我的慈愛，傳遞給三個不同年齡的男孩兒。

我每天黎明即起，料理全家生活。三個小男生，加上他們的父親，一個老男生。不同時間起床，在餐桌上可以吃到不同梯次、及時供應的早點。早點內容豐富，營養美味，花樣常換。維他命、水果，從不缺乏。

各人出門的時候，都穿著清爽乾淨的衣衫、鞋襪。精神飽滿，心情愉快的去上班，或上學。下午各人又帶著疲倦回家，先脫掉沾滿灰塵的臭鞋襪，換上舒適的拖鞋。再拋下沈重的書包、公事包。脫去汗漬衫褲，夏天，可以脫得祇剩下一條短褲。然後坐在沙發上喝著冰水果汁，邊看報邊聞廚房飄出來的菜香。

飯菜齊全了，四個男生，各以笑臉集合餐桌前。全體吃得大飽口福了，一盤削好冰透的水果，擺在電視機前長几上。水果經常有兩三種，太優待他們了！他們看電視，享受甘甜多汁的水果、發牢騷，且將各人在外頭遇見不順心、不順眼之事，罵上一罵。不然的話，找個題目抱怨一番也行。家人都做傾聽對象。隨您怎樣，「家」永遠包容、恆常忍耐，不在乎你月入多少，有無名望地位，更不嫌你長得醜俊。「家」什麼都不計較，祇默默維護你，給你溫暖，給你愛。這樣的「家」，誰割捨得下？

惜

家裡一個已經用了十多年的熱水瓶，保溫功能仍然極佳，只不過外殼顏色有點兒老舊，與陸續添置的茶具擺在一起，顯得不太相配。

不相配有啥關係呢？反正又不提出來給客人看，任何物品用順了手，就是家庭的一份子了，除非萬不得已，我是捨不得丟棄的。雖然再買一個新熱水瓶，並不困難。

不料男主人有一天，發現熱水瓶的塑膠吸管，外層脫落許多白粉，接口處具有斷裂的現象。他馬上幸災樂禍的宣佈：

「這個熱水瓶可不能用啦！妳自己瞧瞧，塑膠管都化成石灰了，可有毒哇！」

「可有毒哇！」是他的口頭語。半信半疑的，只好上百貨公司選購新熱水瓶，很快就找到外型中意、又不太貴的一隻。付款的時候，我對售貨小姐說家裡的熱水瓶功能還很好哪，原裝進口貨是比較耐用，可惜吸管壞了！售貨小姐和氣生財，笑咪咪的告訴我吸管能換新的，祇要配得合適。而新產品吸管，一律採用不銹鋼的了。

也許是有新不愛舊的心理，除了我，家裡其他成員，沒誰鼓勵我爲舊熱水瓶換吸管。都說反正有新水瓶用了，犯不得花時間費事，專跑一趟百貨公司就爲換個吸管。

「可能去一次還不行呢？店員小姐不是講過要送去給原來的出品工廠配嗎？也許就根本沒有咱家這種熱水瓶規格管了，妳白痲煩不值得！」

「不值得」也是舍下男主人的口頭語。好些該他幹的活兒，都以「不值得」做藉口推卸掉，說穿了，不過是懶而已！

舊水瓶與其他捨不得丟的盒子、罐子堆在一起。隔了一段時間，家裡堆積下捨不得丟棄的東西太多了，那些捨不得丟的東西上又落滿灰塵，影響室內整潔，我只得將他們「搬」到垃圾箱去。

費了一個下午時間，搬完那些盒子，並清掃乾淨地板牆角。最後，我提著舊水瓶走到後巷垃圾箱，舉起它正要甩進去一剎那，我的手碰到瓶蓋，水瓶發出「咕嚕嚕」的聲音。「咕嚕嚕」這聽了十幾年的聲音，使我將甩水瓶的手收了回來，打開瓶蓋瞧一瞧，唷！瓶裡水猶自晶亮完好如初，怎可丟棄？

舊水瓶被我又提回家，仔細的將它擦洗一番，並爲它跑了三趟百貨公司；因爲頭一回只合乎舊吸管去配，店員小姐說恐怕新吸管與舊水瓶配合不上，還是把熱水瓶帶吸管一併送去配才可。於是連送帶取，又跑了兩趟。

舊熱水瓶親切的和新水瓶並排端坐在茶具櫃，共同負起供應沖泡香醇咖啡、熱乳、好茶的責任。廿四小時全年無休，忠實的爲我家每一份子服務！

那臺小冰箱已離開我家很久了，也曉得它有了更好的歸宿。卻忍不住，常常會想起它。特別是回憶起住在臺南的日子，我三個男孩的童年都跟小冰箱有關聯。

仍記得小冰箱送來時，三個男孩的驚喜。他們萬萬想不到，平時節儉的媽媽，在當年家電並不普遍，冰箱尚屬於昂貴，甚至有點奢侈的時代，媽媽會自作主張購買了一臺同學家都少有的冰箱。

乳白色外殼，尺寸恰好安置在廚房與餐廳之間，小冰箱其實不怎麼「小」，至少在當時，沒見過大型冰箱，有個小冰箱已很不錯了。至於因它帶給孩子們的快樂滿足，就甭提有多大啦！

小冰箱忠實的負起全家人食物保鮮的職責。三個孩子成長階段，小冰箱陪伴著我們，度過無數寧靜美好的歲月，孩子們歡欣的由小冰箱取食奶品、糕點、冰淇淋，和許多種類、不同口味的巧克力糖，以及四時上市的新鮮水果，和解渴好喝的飲料。小冰箱無分冬夏，爲我們服務著。

二十多年前，小冰箱跟隨我家遷來臺北，由寬房大院改住進公寓樓房。小冰箱一貫爲全家儲存營養健康食品，日子相安無事的過著，小冰箱來我家已近二十年了，它的外觀仍然雅致耐看，耗電也不多。除了一月一次人工化冰，順便內外擦抹一下外，小冰箱從未勞駕主人特別替它維護，更不曾花錢費事修理過。

所謂化冰，只因它誕生得早，構造上沒有自動化冰的條件。其實只須按下化冰指示開關，無須太多手續，毛病就出在男主人生性懶散，好逸惡勞上面。

那一天合該有事，怪我若不心血來潮，想省幾個小錢帶兒子去大菜市，也不會讓破壞用具專家在家化冰。是那懶人自己選擇化冰擦冰箱，怕提菜籃子跟我上菜市。我也知道等我和兒子跨出門，他就坐下喝茶看報，再看電視，絕不肯認眞將冰箱擦清潔點，更別提順手擦擦門窗、桌板凳了。但料想不到，我們滿頭大汗買了好些魚肉回來，急須存入冰箱冷凍，竟然發現小冰箱失效了。我們走的時候，冰箱還是好好的，兒子還打開冰箱，倒一杯冰水喝了才走的。

男主人一臉慚愧，見我懊惱得緊只好招供是他不耐煩，恐怕冰箱自動化冰開關跳回來太早，化不完的冰塊要勞他貴手去取出來，他就用一根木棍抵住開關，不准它跳回來，以致燒壞了電門！

燒壞電門可以換，但電器行派來檢修工人，謊言馬達燒壞了，欺騙我們說不能修。爲了要挪出位置安放新冰箱，舊的小冰箱只好在我們依依不捨中，給電器行送新冰箱的工人擡走了。當我將小冰箱裡面東西全部取出，最後一次爲它關上箱門，我的心脹滿離情緒！

夏去冬來，過了一段時間。有一天路過後巷小街，發現新開了一間電器用品商店。我信步進店內瀏覽一下，竟發現我家小冰箱已被改漆成粉紅色，乖乖的站在那兒。我拉開冰箱門求證，它好似也悄悄的向我說：「嗨，女主人別來無恙！」

沒錯，千眞萬確是我家的小冰箱。電器行老闆告訴我小冰箱來歷，說是一位老太太委託他們噴漆，要送給一家小孤兒院當耶誕禮物。說這臺小冰箱雖然老了一點，原裝馬達功能跟新產品不相上下。我想起，當初那兩名檢修電器工人，看小冰箱背後馬達時，曾發出：「原裝的啊！」讚美之聲。恍然大悟的確是被騙，但已時過境遷尋不到騙人的電器行了。被騙難免憤慨，若沒被騙，小冰箱也不會改頭換面裡外一新，帶給小孤兒院孩子們節日的溫馨啊！

我深深的祝福它！

鞋的今昔

加拿大的阿爾巴他省，省會愛德蒙頓市，雖然祇有五十萬人口，該市使人著迷的名勝古蹟、風光景物卻很多。女士們，其實不只女士，男士和小孩，甚至老人，最喜愛去的地方，莫過於市區內的一個大購物中心：「WEST EDMONTON MALL」翻成中文就是西愛德蒙頓大商場。

這個大商場足足有八十多間店鋪，場內有空調，冬暖夏涼。有好幾間飲食店、四個大遊樂場、一個溜冰場、一個海水浴場。遊樂場設置新穎，別說小孩兒歡喜，即使大人身臨其境也會童心大發，買票上去玩玩，潛水艇便是其中之一。但身為女人，免不了對那些一間又一間的時裝店、化妝品飾物、皮包手袋鞋子店特別鍾情。何況偏偏每家時裝皮鞋店又少不了流行的紫色系列！悅目養眼漂亮的紫衣紫鞋，對我這紫色迷誘惑太深！每當我走進一間時裝店，拿起紫色外套大衣試穿時，丈夫兒子甚至兒媳婦都異口同聲催我：「喜歡就買下來！」

我這邊尚未答話，那邊兒子已經掏出信用卡，馬上要去付帳。嚇得我連聲喝止，我那能看見喜歡的全買回去？做老媽媽怎能不爲兒子銀行存款打算！因此，在以後逛大商店時，我只遠觀不近瞧紫色衣飾了，雖然遠觀也忍不住喜歡。

有一回經過一間櫥窗陳設多雙紫色鞋，高級雅致的皮鞋店，我的老毛病又犯了。在金髮美人女店主殷勤服務下，連著試穿了三種不同款式、同樣舒適的紫色鞋。圓頭、方頭、尖頭、牛皮羊皮，還有鹿皮的鞋子，確實使人愛不釋腳。善解人意的女店主，左一句漂亮，右一句美麗年輕，對我讚不絕口。兒子在一旁生怕老媽只試穿過癮，又一雙都不買，不待我攔阻先用英文朝女店主說全買了。經我極力反對，故意挑其中兩雙跟高、頭尖的毛病，才勉強選了一雙價錢較便宜的鞋。兒子提著包裝精美的鞋盒，走出店門和他老爸一齊糗我是小氣鬼，說出國旅遊看見中意的東西快買，別那麼精打細算，丟人！

「丟什麼人哪？誰說試穿過都得買呀？買東西當然要多看看、多比較。你又沒開銀行，能爲老媽買下所有喜歡的東西嗎？」

我心疼無緣無故買了一雙「貴鞋」，沒好氣的怪兒子。又說：「家裡我已經有三十幾雙鞋咧，穿都穿不完！」

「三十幾雙算什麼？離人家伊美黛三千多雙，差得遠呢！」

老頭兒丈夫不知是挖苦我，還是叫我寬心。但鞋太多舊的穿不壞再添新鞋，心裡很有浪費感。尤其想起往昔困苦的生活，沒有鞋穿的日子，總覺得現在不珍惜、不滿足已夠豐富的物質享受，是一種罪惡！

打從記事以來，我的一雙腳穿過數不清的鞋，卻從沒有如現在擁有這許多鞋：宴會鞋、休閑鞋、運動鞋、旅行鞋，高統的、矮統的，涼鞋、棉鞋、綉花鞋、毛線鞋……加上草編、毛布冬夏拖鞋，鞋子實在太多太多了。以我們僅僅一個小康之家經濟情況，尚且有能力供給主婦足下風光，那有錢富戶的貴夫人鞋更不知有多少呢！而我的女友們說起鞋來，誰也不比我少，可見咱們社會經濟景況，較以前有多大不同！

幼年在故鄉，家常穿鞋都是軟底布鞋，念幼稚園時，母親帶我去東安市場買了一雙黑漆成、方頭一根帶子的皮鞋，也是我生平第一雙皮鞋，那年我四歲。但記憶深刻的，是每逢過年由外婆家送來，我和姊姊的新棉鞋，白絨裡紅絨面雙臉綉花「毛窩」。雪白的千層底，穿在腳上走路都要小心，捨不得踩泥弄髒。而兩隻小腳丫在毛窩裡，那份暖和舒服勁就甭提啦！當時年紀小，不曉得感謝一雙新棉鞋耗費多少人工，針針線線都是外婆和舅母的親情慈愛。

對日抗戰在四川，後方物質缺乏，孩子眾多的家庭，「鞋」是日常開支重擔，愛蹦愛跳的小娃娃們，什麼樣的鞋都不經穿。何況母親祇靠她一雙手，日夜不停的工作，總是看見母親拆掉舊衣服，調漿糊黏布一片片在木板上，待乾透了撕下來做鞋幫鞋面。又將較厚較牢的加工粗布，用蔴繩一針一針納成鞋底。母親一雙原該用來彈琴綉花的玉手，操勞成粗腫不堪，而一雙雙新鞋穿在我們六個男女小孩脚上，不消半個多月就開始磨損，穿幫破洞，襪子也一樣易破。有時父親發了薪水，偶然給我們買雙鞋店的「操鞋」，比母親手製的布鞋結實一點。但大多時日我們都穿破鞋，穿補過的鞋上學。直到勝利復員回到故鄉，我才穿上帆布球鞋。

來臺灣前，正流行大紅色女鞋，十七、八歲的女孩都愛美，大姊跟我都各買了一雙。由於不是很好的皮子，屬於平價的紅皮鞋，做工也不甚精緻，並不十分好看。丈夫那時正年輕，歡喜拿別人取笑。來臺灣不久，皮鞋列為高貴物品，很有錢的人才買得起由上海空運來的皮鞋，臺灣一般民衆多半祇穿木拖板，鄉下人和女工，根本不穿鞋打光脚走路。入鄉隨俗，我和弟妹只好練習學穿木拖板，木板鞋沾水脚穿進去很滑，而木板底子硬穿不習慣便會摔跤，丈夫便笑我。鞋上那條皮帶將脚磨破也是常事。遇見出去玩或上街走走，我才捨得穿上大陸帶來的紅皮鞋，丈夫看見必說：「好難看，跟廟裡泥菩薩的脚一樣！」

有一回他又說我穿紅皮鞋的脚，活像廟裡的泥菩薩，還說人家李太太從不穿這麼難看的鞋！李太太先生在美國受訓，拿兩份薪水，當然有錢買好鞋。先母聽見就替我回了女婿一句：

「人家李太太有美金，你又沒有，還叫小民和人家比？」丈夫認爲岳母大人如此責怪他，有損他自尊心，竟因此大吵了一架。此時因敘及鞋的歷程，舊帳重提，仍然覺得生氣！也由此可見初來臺灣時，大家過的日子多窮困了！丈夫那時在空軍服務，地勤較空勤待遇差得多。鄰居有位小飛行員的太太，常將她穿過幾次的皮鞋送給我，明說跟我要好不分彼此，暗地裡是同情我沒鞋穿。那段所謂克難的日子，其實不只我們一家如此，很多文友都經歷過相同的缺衣節食，才漸漸走向現今富裕的生活。

現在臺灣鞋不單外銷，爲國家賺取外匯，市面上各式各樣的鞋，任隨挑選。鞋店琳琅滿目皆是物美價廉的皮鞋，直堆到鞋店外走道上來，誰都買得起，誰也不記得四十年前沒鞋穿的景況。最近國防部福利處，印製了一批新購物袋，白底藍字十分清爽。袋子上寫著：

「滿載而歸的日子，我們要珍惜！」

是的，鞋穿不完的日子，我們要珍惜。要記得沒有鞋穿的往日窮困，和現在的充裕幸福。

記得當年孩子小

有人說，無論在何等境況裡，祇要是你度過童年的地方，你都會終生難忘！

這話不錯，但在一位作母親的人心中，她的孩子童年生長的地方，同樣難忘！

我有三名壯丁，沒女兒。但男孩幼小時，和女孩兒一樣跟媽媽親密。尤其我是個全職媽媽，大半生歲月全爲了孩子而活。三個男孩共隔十六年，「媽媽」充分在每個孩子童年、及他們成長的歲月裡，盡職的扮演守護的天使。

兩個大男孩幼年的物質生活沒小弟優裕，但他們比小弟有更多的機會與大自然接觸。來臺灣初期在虎尾，住糖廠庫房改隔的屋子，門口搭個磚灶就燒飯。夜晚睡在猶有竹香的眠牀上，耳畔時時傳來小火車汽笛聲響。

那是糖廠運甘蔗的小火車，也是載孩童上學校的交通工具。走在芒果樹夾道的小路上，最常遇見的是腳踏車和牛車。正蹣跚學步乳名小小的大兒，看見了牛車，必掙脫媽媽的手，偏偏倒倒的追牛車，邊追邊用小手指著：「牛牛——」

空氣裡瀰漫著糖的甜味，站在房門口，擡眼便可看見在風中搖曳的甘蔗，猶如故鄉高粱成熟時的青紗帳。

小小頭一回到市區，便巧遇平地節慶七爺八爺出巡，小娃兒嚇傻啦，兩隻小胳臂摟緊媽媽的脖子，小臉兒埋藏在媽的胸脯上，死也不敢望一眼！

短暫的在虎尾居留，便遷到山明水秀的嘉義。

日式木屋竹籬圍牆，家家燈火相照，鄰居和樂、相親相愛。小小剛入小學，每天放學回家，手裡總拿張一百分的考卷。他學會第一首歌：「我家門前有小河，後面有山坡——」

那小河形同一條窄長的大水溝，居所因河命名爲「沿河街」，兩岸垂柳，遍地野花。河畔空氣清新，是散步的好地方。晨昏之時，和風拂面，小小和媽媽合唱快樂歌：「走走走，媽媽大手牽小手。」

金色的太陽，染亮了院子裡的大鳳凰樹。翠蓋般的大傘下，小小揀拾豔紅的花朵，給媽媽紮成大花球。臥房裡傳出新生嬰兒啼聲，小小已經作了哥哥。

小小的大眼笑眯成一條縫，兩手張開比畫著說：「我的小弟弟這麼一點點小喲！」

二兒乳名喔娃，外婆替他取的。因他哭起來總是：「喔娃——喔娃——」

喔娃漸漸長大了，可以和小小一塊兒玩啦。兩小兄弟玩不多時，喔娃必跑到媽媽面前叫：「擦鼻。」過敏體質，容易流鼻涕！小小也患了好多種小兒傳染病：百日咳、顋腺炎、水痘等等。後來，兩個孩子又先後出痲疹，可累壞了叫媽媽的人，好幾個月不眠不休的看顧他們！

作媽媽的人，其實不怕累。只擔心難過孩子小臉兒因發燒，變得紅紅的發燙，像火燒在媽的心上，孩子打針時喊痛，也痛在媽媽的心上！每次母子同心對付掉可惡的病，小木屋又恢復了孩童的笑聲。

媽媽最喜歡把兩個兒子摟在一起，左邊小小，右邊喔娃，母子三個搖呀搖，唱呀唱。歲月在孩子長高了、長大了、在孩子通過重重升學考試中，如飛般流逝。第三個兒子意外降臨，兩個孩子恰恰好，多出來的一個名叫多兒。

多兒是不足月出生的小男孩兒，剛出生瘦巴巴的，滿臉細毛，活像個小猴子。但他天性純厚樂觀，又不挑食，沒多久就長成一個胖嘟嘟、傻呵呵、十分可愛的小娃娃了。媽媽看多兒跟阿姨們生的小女兒之間，發生許多有趣的事件，將他們的小故事寫下來，竟寫成了一本書叫《多兒的世界》。

孩子小的時候，作母親最辛苦，但日子也過得最充實。如今，我的三個小男孩都長大了，再不需要媽媽替他們穿衣餵飯，我還是時常掛念他們，爲他們愁風愁雨。孩子長大了，我仍然永不止息的關心他們，爲他們祈禱，爲他們祝福！

如飛而去！

參加多兒大學畢業典禮，恍如夢境！

這四年過得太快，一樣盛夏，一樣陽光照在校園椰林大道，兩旁植物綠得閃發金光。一樣繽紛的笑容，在年輕學子臉上綻放，比花更美！國旗飄揚，一樣的笑聲充滿校園每個角落，一樣熱鬧氣氛！所不同的，是四年前被歡迎的「新鮮人」，四年後的今天，已經是身穿黑袍，頭戴方帽，被歡送的「畢業生」了。

多兒和同學在系館門前合照，離情依依！那個大學畢業生，不對自己學校滿懷依戀呢？何況是這麼好的一所大學。四年來師長教導他、愛護他。同學們相親相愛，多少值得懷念的點點滴滴，發生在四載同窗共讀的日子裡，永難相忘！連校園實驗室養的那條小狗，取自三位男同學名字的小狗「王家俊」，也是他們共同回憶之一呢！

多兒自小喜歡小動物，養過小鳥兒、蠶寶寶、小烏龜、海珍珠、蝌蚪、寄生蟹、熱帶魚……多兒很有耐心飼養小生物。他喜歡觀察小小魚兒在水箱裡的生態，直到現在，他還擁有一個小小魚箱，一群米粒般小魚兒，和透明的小蝦子，浮游穿梭於油綠綠水草間。這些魚兒蝦兒沒花一毛錢，全是他由醉月湖撈回來的，看見小魚箱，便想起他從小到大，飼養過的小生物，和他無憂無慮的童年。

多兒的童年可眞的堪稱「快樂」，雖然他在母親已有了兩名男孩兒，殷切盼望老三是個小女兒的心情下，來到人間。雖然他暫時做了不受歡迎的「多兒」，卻得到老爸，及長他十六歲的大哥、八歲的二哥，無微不至的寵愛。再加上重男輕女外婆的愛護，認爲男孩子生個半打也不嫌多，才三個就「多」啦，媽媽呢，嘴裡說不喜歡又來了個呆小子，叫他「多兒」，但摟著那紅冬冬小老頭兒般滿臉小毛初生兒，心頭也當成寶貝心肝哩！而何況這小三多，彷彿知道自己不受歡迎，從小就胡吃悶睡，憨頭憨腦笑口常開，不到半歲，便由不足月出生的小猴兒，長成白胖胖的小娃娃，人見人愛。

同時，多兒又是小乖話的發明家，比如有一天他剛理完髮，大哥放學回來問道：「多兒頭髮怎麼短了？」

「理髮館拿走！」嬌嬌的、垮垮的小話話，逗得滿堂大笑。以後這句話就被全家當成笑柄了，不管是誰見了多兒，都要摸著他的小頭頭說：「理髮館把多兒頭髮拿走啦？」

多兒又喜歡穿花花綠綠的衣服，越土他越喜歡：「好漂亮啊！」多兒常常這樣稱讚自己，在媽媽給他換上新衣服的時候。由於他長了一個方圓形腦袋瓜，從後面看，活像一顆圓栗子，「栗子頭」是老爸給多兒取的外號。小小的栗子頭裡面，有許多與一般孩子不同的思想，他樂觀，願意和別人分享他的玩具，自己愛吃的東西，也捨得分給別人。他膽小，聽見飛機轟轟的聲音，便拍著自己小胸脯說：「怕怕！」

那時候，多兒最喜歡的是夏天晚飯後，媽媽牽著他的小手手到家附近校園散步，風兒吹過樹梢，吹動多兒小頭髮，好涼快，好舒服……於是多兒唱了：「走圈圈、走圈圈，媽媽牽我走圈圈。」唱著唱著忽然停下腳步，仰起小臉問：「媽，您還生不生小孩了？」媽媽知道他怕再生一個小孩，就不這麼寶貝他了。

「不生了，媽媽有了多兒，還生什麼小孩？」

「生也沒關係，我們不帶他出來散步，叫那個小孩子自己玩好啦！」

日子過得眞快，也是一樣盛夏，轉眼小多兒已經大學畢業了！寫這篇短文的時候，衷心感到在臺灣安定生活裡，時間像長了翅膀，如飛而去！

兒子的禮物

兒子保眞還在瑞典念書的時候，有一回，得知我要去馬來西亞開會，打電話回家說他給媽媽買了一個旅行用的袋子，航空寄回來。我聽了很生氣，喜樂說妳兒子有孝心，才給妳買東西寄回來，妳還生氣？

那能不生氣？瑞典物價高出臺灣多少倍，臺灣旅行袋、箱子，都是外銷到歐美賺外匯的物資，他竟笨到大老遠花昂貴的郵費，給媽媽買個瑞典旅行袋！朋友聽說也都笑他寶氣！

其實，他寶氣的地方還挺多，三兄弟中，就屬他這個排行老二的沒有經濟頭腦，總是不經考慮花錢買些不必要的禮物，在外面瞧見稍稍新鮮的東西，就買了寄回來，窮大手。每次收到他由美國，或北歐寄回的郵包，想到兒子獨身在天之涯，生活起居全得自己照料，還念念不忘在讀書寫論文之暇，常常寄點禮物，叫老爸老媽歡喜，就不忍心責備他。即使他笨到光是洋蔥類就寄了好多種「脫水洋蔥」、「粉狀洋蔥」、「洋蔥膏」……他忘了臺灣新鮮洋蔥多的是，我們要那些加工洋蔥幹嘛！

記得他還沒去瑞典之前，根據傳說資料，「瑞典」是北歐生活程度頗高的國家。去那兒念博士學位雖然不必繳學費，若無獎學金，生活費也得張羅一大筆款子！所以，我們決定隔一段時間郵寄一些日用品過去。沒想到兒子去了不久，反而開始朝臺灣寄日用品，舉凡北歐家庭用的油燈、燭臺連特製小蠟燭、木雕檯燈、花色繁多的美術蠟燭、以及專爲擺在北歐建築窗檯上的燈盞，和節日吊掛窗口、刻著耶誕節故事黑框紅絹漂亮的燈罩，陸陸續續送到兒子懷念的家中，送到沒有窗檯、不點蠟燭、無法將美麗的耶誕燈罩吊在窗口的家中。

隨著兒子因優良成績，被研究所所長看好，每月發給他雙份獎學金，家裡收到寄自瑞典的禮物郵包，越來越多。加上學校經常派他去歐洲各地訪問演講，每到一處，兒子免不了購買當地土產，那些既昂貴又無用，形同鷄肋般的紀念品，後浪推前浪的，一波波湧到了我們家中。

記憶最深的是他遊北極圈內歸來，越洋電話傳來兒子幼時那種興奮的口吻：

「媽媽，我給你們買了好東西哩！明天就寄回去。」

「又買了什麼好東西哪？」

兒子興奮的聲音，感染得老媽也童心大發，像小孩兒樣等不及想早些知道，這次兒子又買了什麼「好」的禮物？兒子還不肯說是什麼，電話中神祕祕的表示，我們收到就知道了。一般觀念，北歐距臺灣比美國遠，郵件應該來得慢，誰知卻快捷得很，經常是連寄帶收總共五、六天，甚至有的只需四天，航空小包就收到了。原來瑞典郵局服務品質較美國尤佳，一般郵局週六照常辦公。郵局出售的紙箱，設計輕巧美觀，大小規格一致，摺疊式箱蓋使用方便。又出售一種黃顏色二十分鐘錄音帶，使用這種錄音帶的好處是不必再貼郵票，而且聽完了還可以再錄一次寄回原寄人，等於有聲的郵件。每次收到瑞典的郵包、錄音帶，我都捨不得丟棄那些可愛的紙箱。錄音帶更是寶貴的收存起來。

北極圈裡的「好東西」很快就收到了，您猜是什麼？一盒子的木碗！雕工精細存留原木花紋的木碗，質感光滑柔細，可能是當地最高級的手工藝術品。有單把和雙柄的，有帶軟木蓋子的，拆開銀紙緞帶包裝，一陣淡雅的木香撲鼻，捧著各有不同標識的木碗，心頭想的是：這個笨兒子！花了多少銀子買這些吃不得、用不得的寶貝「好東西」。後來，兒子又在電話裡讚美他買的木碗：「眞可以用來喝湯咧！」

能拿這麼貴的藝術品喝湯麼？他老媽還不致精神錯亂到如此地步。寶貝木碗被陳列在玻璃橱上層，和冰島的小綿羊、瑞典的小木馬、木娃娃擺在一起。

兒子做事粗枝大葉，最缺經濟頭腦，用錢從不計算，但每次寄回家的郵包，他都細心列一張清單貼在盒蓋內。如他周遊英、法、德三國歸來，寄了一個大紙箱清單上寫著：倫敦買的英國馬克杯一只，杯身有倫敦幾個著名地點名稱（給爸爸的）。倫敦機場買的紫色香料袋三只，裝在透明盒子中。大英博物館買的紫花絲巾一條（給媽媽的）。倫敦地下鐵圖案布一塊，小月曆一個（給多兒弟的）。銀白禮盒內裝巴黎香水三瓶，口紅三條（給媽媽的）。巴黎地攤買的鑰匙鍊小皮包一個，內裝巴黎聖母院小鑰匙鍊一串，勿忘取出（給爸爸的）。拿破崙半身小像一個，在凱旋門頂拿破崙紀念館買的，布質小月曆一個（給多兒弟的）。德國漢堡買的紫花布一塊，薄荷糖兩盒，古龍香水一瓶，月曆一個，罐頭火腿一盒（給全家的）。

另外，兒子留學瑞典四年有餘，寄回至少近三十個瑞典紙箱內的禮物，五花八門無奇不有。諸如裝著各類調味品：胡椒、鹽、鮮鷄精等的小瓶子。辣椒、胡椒、與不知名的香料混在一起的小瓶子。各種口味的乳酪、魚子醬、瓶裝醋、泡鮮魚、罐頭魚、丹麥肉罐頭、挪威香腸、各式巧克力糖、喉糖、小點心，凡是他認爲好吃的一律寄回家來。有一次，他寄回大塊布袋裝的醃鹿肉，他說「可好吃吔！」這些東西，只有他小弟多兒最歡迎，媽媽稍稍嚐一點兒，他老爸則不敢輕易嚐試。

瑞典還有一項又貴又重的特產：「水晶玻璃」，他當然不會放過，除了寄回家的外，每次他回臺省親時，還購買好些分贈親友。那些份量不輕的禮物價值與價錢並不成正比，若依我這外行眼光看，臺北三商也買得到。

再說到其他日用品，可多著哪！僅廚房用的刷子就寄回來好多把，刷鍋刷碗、刷土豆胡蘿蔔皮、刷茶杯的各不相同。又寄些餐桌上的檯布、特別節日和普通日子用的餐巾。紫花床單、大圍巾、羊毛披肩、毛線、女裝、可以裝得下兩個媽媽的大毛衣、雪地裡穿的厚襪子、洗澡用的泡泡皂、保足康擦腳粉等等，雜七雜八無所不寄，多得不勝枚舉。我們收到他由瑞典寄的最後一個郵包，是今年七月他人已「學成歸來」，郵包內裝了四件他得博士學位的北歐名校——瑞典皇家農業科學大學的運動衫，他說是送給爸媽多兒小弟，每人一件以做紀念的。

憑良心講，這個兒子雖然不善理財，報館寄給他的美金稿費也胡丟亂放，經常忘了兌現，自奉卻非常節儉。更可安慰的是他在瑞典看見大陸來的留學生缺錢用，就送吃的用的和現金去贊助他們，這行爲可算得上一份媽媽最喜歡的禮物了。何況他還不斷寫文章，討媽媽歡喜，又有稿費，又有版稅。當我聽見別人讚美他，誇他好的時候，我口裡連說不敢當，心頭裡的滋味滿不錯的呢——這也算兒子的禮物！

佳兒美媳

俗語說：「刺蝟誇孩兒光，臭鼬誇孩兒香」，癩痢頭的兒子自家愛，乃爲人母者普遍心態。我，可不一樣！

我總是看別人的孩子，比咱家三壯丁優點多多。故這篇文章原題爲：「糊塗兒子糊塗媳」，不料讓保眞和多兒先知道了，向老媽我鄭重提出抗議。

也難怪，再傻的人都喜歡聽別人說自己好話，讚詞多麼貼心悅耳，誰願將自個兒的糗事公諸文字?!

我只好改寫題目，用慈心說美言，揀些不怎麼糊塗的來助興。

《聖經》上說：「兒女是耶和華所賜的產業。」又說：「少年時所懷的胎，像勇士手中的箭，箭袋充滿的便爲有福。」

事實上，上帝將兒女賜給人類當產業，人不能把兒女當成了私產，只可以託管人自居。

而少年懷胎，箭袋充滿，多子多孫，是否有福？端看子女是否成器了。

相信多數女人結婚前後，都不敢預定自己生不生孩子？生幾個孩子？像我在十八歲還很年輕時，便懷胎生子；產下姜家長子後，那種初爲人母的滋味，實在並不好受。

懷孕時的不適，大肚子時羞於見人，分娩時刻骨銘心的疼痛，好不容易，經歷了一場生死掙扎，孩子終於生下來了。守在一旁陪我度過災難的母親和大姊，將洗淨包好在襁褓中的嬰兒，抱來給我看。

紅嘟嘟滿臉細毛的娃娃，可愛是可愛，但想到我爲生孩子痛苦掙扎廿四小時，丈夫遠在南京，坐等當爸爸；公公遠在北京，坐等當爺爺，心中覺得眞是太不公平。

後來說給孩子的爸爸聽，他居然回答，這不怪他，是上帝叫女人生孩子的。還說，從前未開化時代，女人在山洞裡都能生孩子哩。可惡嘛，我暗自發誓不再給他生第二個。

沒想到，又應了《聖經》上的話：「不可爲明日誇口」。

就在大兒子七歲那年，不知不覺又懷孕了。也許忘了初爲人母的苦況，也許一心想要個小女兒，反正再次上了生孩子的當。

女兒沒得到，又生了一個小壯丁，老二和老大整整隔八歲。老二因超過預產期半個多月才生，又害我吃盡苦頭。他小胳臂小腿胖得如吹足氣的氣球，面白豐髮，這是我在懷孕期間，爲了想生女兒，強迫自己吃了許多有助胎兒長頭髮的食物，如海帶、鮮魚、菠菜等的效果。

人家說女人對什麼都心眼過細，唯有對生孩子受的苦最易忘。可不是嗎？老二八歲的時候，我又生了老三。都怪自己貪心，想要女兒！可惜爲女嬰購置的漂亮衣物，粉色的小衣裙、小帽子、小鞋襪，連嬰兒床也是粉紅的，女兒夢仍舊泡了湯！

三名壯丁，剛好各隔八年，老大長老么十六歲，老么乳名叫「多兒」。

三名壯丁在我悉心照顧下，如今皆已長大成人。老大和老二各得博士帽一頂，娶得嬌妻爲伴，姑且算他倆是「五子登科」吧。老三因爲還小，臺大畢業後也服完兵役，目前尚未有要好的女朋友。

大、二兩兒的婚姻，全由他們自己作主，我和他們老爸絕對沒有插手。大兒和長媳原係大學同學，出國念書又申請到同所學校，日久生情。長媳家裡無男孩，但有姊妹七人之多，有「七仙女」之雅稱。二媳家裡雖有兄弟，女孩子也有三位。

巧的是兩媳背景十分相似，同受過高等教育，同來自基督教家庭。這一點，我們選媳時從未刻意注重，純屬巧合。

當然，我們心中還是覺得，親友間都不抽菸不喝酒，媳婦最好是性情溫和，無不良嗜好者。現在總算如願以償。

兩個媳婦確實差強人意，都崇尚自然不愛打扮，持家節儉，相貌也都端莊秀麗，連名字的涵義都差不多，大媳叫「仰白」，二媳叫「幸澄」。

平時，兒子媳婦兩對小倆口挺恩愛，但牙齒和嘴唇唇齒相依，有時還會咬破呢，小倆口那有不鬧意見、不吵架的?!一吵架，媳婦難免向我這個婆婆告狀。口頭狀子也好，書面狀子也好，寫的說的，全是吾兒的不對。

起先，我還跟著她們一起罵、一起數落兒子的不是。說多了，心裡未免感覺，那兩個年輕女人，是不是嫌我爲她們教養的丈夫不夠標準？但是，若比起那些不負責任、搞婚外情的丈夫，我兒子對妻忠心專情，爲人正直、上進，又不指望太太掙錢分擔家用，且體貼顧家，即使偶爾粗心大意，工作忙心情不好時，說話大聲一點，也不必那般計較，「家和萬事興」嘛！

這是母親給我的金言，現在轉贈給所有年輕小夫妻們——以愛心互相體諒，以恩慈彼此包容，則凡事有盼望，常常喜樂矣！

棠棣情深

清理衣櫥，發現一包「文件」，原來是珍藏的燕民大弟遺物。其中有他在岡山空軍官、高訓大隊的飛行日記。

「飛行日記」寫得很簡單，無非是記些飛行時間、天候、那位教官帶飛、或是自個兒單飛情況等等，有點像學生的生活週記，每篇還有教官批：「閱」簽名。

另外，一本小相簿、兩件舊內衣、幾雙破襪子、用剩下的半管牙膏、牙刷、洗臉毛巾等，及一冊尚未寫完的私人日記本。再有，就是二姊我寄給他的家書了，捆紮得整整齊齊一大疊，大弟的遺物也很簡單。

至於他平時穿的軍便服、外出服、飛行衣，因屬公物，他失事後已由同學繳回去了。除了他身上穿的飛行衣，不必繳，也無法繳，已經隨他灰化了！

重睹大弟遺物，心上已經結疤的創口，重新感到流血的疼痛。沒有語言文字，或任何表達方式，足以形容大弟因飛機故障，意外死亡，給予我們全家多深刻的悲慟！我們曾經歷了長久的哀傷，甚至不知如何過日子了！

大弟和我，生長在孩子衆多的家庭。父親乃職業軍人，有文武雙全的美譽，也爲北伐、抗日獻出過心力，無奈父親愛國不愛家，弟妹皆幼小時，父親離家不返遺棄了我們。

母親含辛茹苦，撫育我們六個孩子，她出身北方望族，外公家道豐裕。母親嫻淑美麗受過新式教育，被父親媒妁之言騙婚，生育了八名子女。頭兩胎男嬰夭折，再生大姊和我，又三年，大弟誕生，算起來大弟是第五胎，母親卻以他爲年老依靠的長子。

大弟也確實是孝順的長子，他善良篤厚，從不惹母親生氣。小小年紀便知生活艱難，知體念母親維持家計不易，布衣粗食無怨言，他在校遵從師長訓誨，發奮用功，是品學兼優的小模範生，在家裡，他是弟妹的好哥哥，兩個姊姊的乖弟弟，更是讓我們偉大慈母貼心安慰的好兒子。

一直不大清楚，大弟是什麼動機，投考空軍幼年學校？只記得他剛小學畢業，因爲不足十二歲，報名還早塡了半年生日，身高體重也未達標準，還是母親向檢查身體的醫官拜託，才通過的。

民國三十三年，正值對日抗戰高潮，我們在大後方成都，敵機常來轟炸，雖不如陪都重慶遭炸得兇，也是要跑警報，可能大弟基於報國心切，小男兒滿懷凌雲壯志，投入空軍幼校，八年後便是一名保國衛民的飛將軍。

母親大概聽說幼校伙食好，全公費，才捨得讓心愛的兒子，隻身遠赴灌縣去就學吧？大弟走的時候，母親送他到汽車站，搭木炭汽車去灌縣，回來雙眼都哭紅了！

灌縣距成都不太近，但有錢人夏天都去灌縣青城山，度假避暑。我們卻從未去探視過大弟，籌不出路費呀！除了大姊讀醫事專科免費，我停學外，四個小的唸書，學費是以米價計算，食指浩繁，母親成天擔憂米缸又見底了。我只好將對大弟的思念，寫在信函裡。大弟頗有文學細胞，字也寫得工整漂亮，每逢母親收到寶貝兒子，報平安訴離情的家書，總是邊擦淚邊看信，若大弟信上說，他因數學不及格，寒假不准放假回家，母親必掛念得吃不下，睡不好，坐立不安。

相反的，若大弟說不久可放假回家，母親臉上就展現難得的笑容！等大弟回來，亦是全家的期待。大弟回來了，母親樂歪了嘴，滿屋子都是笑聲！弟妹們拉著他問東問西，姊姊和我纏著他說長道短，又忙著捧出捨不得吃的水果、點心，和一些稀罕的吃食，廚房的爐子上溢出燉肉的香味，母親和麵包餃子，全家多興奮，多開心！

燒水給大弟洗澡，催他換衣服，將他脫下灰泥髒污的衣服，洗淨燙平，每次大弟假滿返隊，都由髒巴巴的小兵，變成一名神采奕奕，服裝整潔的小軍人，我們由大弟描述中，知道他學校大門裡，有一座讓他振奮的小鷹塑像：「雛鷹待飛」。我們也學會了，使他振奮的軍歌——「行軍樂」：

「前進、勝利等我們前進！

晴空萬里碧無雲，旭日燦爛如黃金，行軍樂趣增百倍！

前進！前進！爭取勝利光榮，讓我們的旗幟到處去飄揚！」

歌詞大致如此，調子輕快活潑，大弟唱起來，年輕古銅色臉上，泛出紅光，大弟每次回家，都比上一次長得更高大。我們知道幼校文武合一的教育內容，及他作息的情況，是滿不錯的，假如我們能常去看看他，他也不致因想家偷偷哭泣。才十二、三歲小少年，誰不想家，想親人？大弟去灌縣讀幼校，頭一次寒假返家，母親發現他的棉軍服，衣襟及袖子上，有大片大片水漬。怎麼回事？原來是大弟想家哭的淚！唉！都怪家裡太窮，窮得連去看他的念頭，都沒起過！

往後的日子，忍不住流淚的時候還多呢！抗戰勝利了，國事更維艱，中共趁機作亂嘛！那段歲月變化太快，先是我莫名其妙的，被母親強迫訂了婚，也許母親誤以為多個男人，能幫忙照顧這個家吧？大弟在灌縣看報上刊出訂婚啓事，竟覺萬分依依，他當然回不來，但他省下整月的薪餉，夾在一本我倆都喜愛的小說：《飄》中，寄給我當賀禮，那本小說原是我帶他到祠堂街書店買的，戰時後方紙質印刷粗陋，至今我仍珍藏著，因爲，扉頁上有我年輕弟弟的簽名。我永難忘懷打開書本，含淚將夾在一頁一張可憐兮兮的鈔票，取出來的感動，親愛的弟弟，將他所有的零用錢，都給了我。多少年來，我還爲大弟那一個月，身無分文而歉疚難受！

我更難受的，是當全家將離開成都，沒法子見他一面，當面叮嚀他一聲珍重再見。我們由南京而來臺灣，大弟學校也遷至成都，每週放假可以外出回家了，家卻不在了！他寫信給我，說到路過人去房空的舊居，差點當著同伴哭了起來，讀信我心抽痛著，我們將他一人留在四川空幼校，實在有不得已的苦衷！

三十八年秋天，大弟在母親日夜祈禱，望眼欲穿下，終於來到臺灣，許多同學退學了，空軍幼校更名：「空軍預備學校」，校址在東港，我已結婚並生了個男孩子，仍然無錢也不知如何去東港看大弟，軍事學校管理嚴格，很難准大弟請假回家。雖然母親和我是萬分想念大弟！不久，家自來臺暫棲之地，遷至臺北丈夫工作機關眷舍。三十九年大姊結婚後，至香港，姊夫係空三十八期飛行生，退訓轉業中央航空公司，母親說想大姊，實爲減輕我們負擔，携小妹赴港，行前頗爲未會見大弟而耿耿於懷！其實，大弟於當年十月，隨學校來臺北國慶閱兵，還在總統府旁小學住一宿。奈何不准假探親，我也不懂陪母去看他，白白失去一次見面機會。想來，那時大弟的失望，定不亞於我和母親，母親去港後，又惦念臺灣的孩子們，尤其是大弟，寫信給我，說沒見到妳大弟，死不瞑目！更增加我對大弟及母親的愧疚，恨自己太無能！

姊夫收入較多，生活較好，然母親念兒心切，命我代辦妥入境證。在將回臺灣前夕，不幸因大姊家附近火災，母親逃避不愼摔裂腿骨，大弟和我得悉心急如焚，奈兩地相隔唯祈求禱告上帝，保佑慈母早日傷癒如願返臺。大弟因此勤讀《聖經》，並入聖經函授校，每次作答皆滿分。副校長得知母親在港受傷，電囑教友前往九龍醫院慰問，爲母親禱告，母親深得安慰。

果如大弟信中預言，上帝必保佑母親和小妹平安返臺。其時家已遷至嘉義，大弟則升學空官校三十一期，至虎尾接受初級飛行訓練，母親和小妹乘船返臺不久，大弟意外得到三天假期，當他高高的個子，上半身出現我家竹籬外時，闔家爲之驚喜！好不容易團聚晌，母親和大弟似乎刼後重逢！人世間，畢竟唯親情最難割捨，天倫之愛勝過一切！

由虎尾至岡山，大弟初級飛行結業，雖有多名同學遭淘汰退訓，大弟總算順利過關。民國四十年，國家經濟困難，物資缺乏，軍用品及高空伙食都很節儉，每次大弟回家，雖無太多錢添好菜，總是盡量弄些可口食物慰勞他。肥皂牙膏、郵票信紙等日用品，也替他預備週全。大弟回家也總是乘軍人優待慢車票，來往火車站，無論風雨一律步行，這就是當時強調的：「克難精神」。

那日子多麼美好啊！我眞希望時光能倒流！亂離之年，骨肉團聚，卽使生活苦一點，青菜豆腐閤家安樂！有時候大弟回來，借隔壁腳踏車，和三弟載我及小妹看場電影，有時去彌陀寺爬山走吊橋。最喜歡看見大弟回來早，由車站順路至教會接母親，攙著媽媽有說有笑的走回家，而每回大弟收假，我和母親必送到大門口，目睹大弟強壯挺拔的背影，消失於視線內，我們才肯進屋。

民國四十年，空軍有兩部隊駐嘉義，我經常看見胸佩飛鷹的飛行軍官，覺得十分親切，因爲不久，我的大弟卽可加入他們，共同保衞臺澎金馬、反共復國的行列。母親也因大弟已放單飛，畢業在卽欣慰著，大弟還說他畢業後，將陪母親去阿里山看日出美景，因爲大弟曾隨學校，旅行過一次阿里山，覺得上帝賜給中國人如此壯麗江山，很感動！大弟戀家愛家，對於唯一的小外甥，更是鍾愛萬分。每遇隊上節慶時分給他糖果點心，他一定不吃，拿回來給小外甥。若抽獎得了隻鋼筆、筆記簿什麼的，就拿回來送給二姊。記得他最後一次回來，是四十一年大年初一，下午他走前，閤家歡歡喜喜的在門口拍了一張照。豈知那是大弟最後一次回家，最後一次和我們團聚拍照了！

早一年秋天，丈夫因哮喘病幾度病危，春節好不容易穩定了，二月十二日上午，日子和平常一樣，母親給大弟織一件毛背心，我剛買菜回來，忽然接到岡山打來的電報，一種不祥的預感，使我心狂跳不已！我用顫抖的手拆開，電報上寫著：

令弟於四十一年二月十一日，上午九時十一分，飛行失事殉國，殊堪惋惜！除代為申請撫恤外，特電奉聞。

校長毛瀛初敬上

我感到如遭雷殛，霎時天旋地轉，欲哭無聲！可憐母親在後面聞訊，立即嚎啕大哭，肝腸寸斷！報差見我們哭成一團，嚇得不知所措，因我抓緊他手不放，逼問：「在那兒？」

丈夫抱病出來，代爲在電報收條上蓋章，並請人通知弟妹，陪我去岡山。我們趕到岡山官校，只見到和他一起遇難的教官，及另一位同學，三個大棺木，一木相隔已人天永訣矣！據說，昨天早晨由教官帶大弟，與另一同學，作熟悉飛行，剛起飛便因飛機故障失速，栽進海邊藍田內。眞如惡夢難以置信呀！我的弟弟，姊姊曉得飛行危險，萬萬想不到沒出校門，有教官帶著會送了命啊！原來供他們訓練的AT11型飛機太老舊了，若報廢不用，當時便沒飛機訓練。事後，大弟另一位教官，寫信安慰我，說大弟他們飛機失事，是人力無法挽回的，他說：「這只怪我們的國家太窮、太落伍了！沒有好的飛機訓練，只有等著未來改善創造……」

因爲大弟人緣好，他死後，同學們紛紛來安慰我和母親，幾位最談得來的，畢業後常來我家看母親，也如大弟般喚我二姊，有兩人被派出國，還將國內薪水交我領，代大弟向母親盡孝。一位最看重大弟，認他爲知己的英文教官，幾次寫信給我，訴說大弟失事的悲痛！說雖不能再見到大弟，仍會愛他，在他們心裡，大弟是永生的！

歲月悠悠，大弟離世將四十年，每年三月二十九日，我都去參加碧潭空軍烈士公祭，爲大弟獻上一束鮮花。佇立大弟芳草淒淒墳墓前，耳畔又廻響著他喚二姊的聲音。心底又浮現，大弟安葬日，棺木上蓋著美麗的青天白日滿地紅國旗，悲壯的禮炮和嘹亮的安息號，以及老母一聲聲哀哭：

「孩子！你不回來看媽媽啦！」令人不忍卒聞！

《聖經》上說：「一粒麥子死了、葬了，就生出許多粒來！」

我的大弟就是一粒麥種，他以身殉國，我覺得他並沒有死，是活在宇宙天地間，而我，大弟至愛的姊姊，也將他未完成的心願做了，爲母親養老送終，將弟妹撫養長大，助他們成家立業。至於大弟生前，我一直想去學校看他的心意，在他出事第二天，我看到了他在人間最後一段日子裡，住的宿舍、用功的書桌、吃飯的餐廳，並哭倒在他潔白被單的床上，流淚撫摸他前晚枕著睡眠的枕頭……。

弟弟啊！二姊是多麼慚愧，多麼笨拙，無法爲你預防意外的發生！也沒在你人生短暫的旅途中，多給你一些溫暖和關愛！但姊姊永遠感謝你，曾經給予我的手足深情，使我在每一個寒流來襲的冬季，因我們共同擁有過的親情，感到暖和，大弟並沒有離去，正如英文教官所說：「在我們心裡他是永生的！」

姐妹情深

端午節快到的時候，三妹在電話裡用四川話問我：

「二姐，今年要多少粽子？好早去訂。」

三妹和小妹出生在四川，念小學時才回北平，她的四川話已不純正了，因爲只有跟我說話時，她才說四川話。而我，從來也沒跟她說過四川話。

有一天，她姐夫對她說：現在誰也不跟妳說四川話了，妳一人還要說！她姐夫嘴笨，抗戰八年他在四川住了五年，祇學會了一句：「啥子？」來臺灣都四十年了，臺灣話他連聽都聽不大懂呢。但我兩個妹妹臺灣話說得跟本省人一模樣兒。

母親被父親的媒人騙，外祖父早逝長兄大舅做主允婚。外祖家道富裕，母親在舊時代得以和男孩同等念書，婚姻卻無法自己選擇。嫁給不負家庭責任的父親後，總共懷了十胎，生下八名兒女。那時候以爲子女越多，越有福呢。又是十分的重男輕女的時代。可惜母親生了四名男孩中，兩名早夭折，僅餘兩弟，大弟又在十九歲時，飛行失事殉國，如今祇有二弟健在。

四名女孩除大姐不幸留在大陸，已於文革前一年，因車禍喪生。母親過世後，在臺灣我們只有三姊妹，從小就極爲友愛，可以說是相依爲命的，兩個妹妹對我這個老姐，平時唯命是從，逢年過節，一定要好好孝敬我一番。

三姊妹裡，小妹受的正規教育最高。若不塡錯了志願至少進了臺大外文系。但三十多年前，一位成功大學中文系畢業生，是很受各女子中學歡迎的。那時候，我們家住臺南市女中後面，小妹先就任市女中導師，直到結婚才依依不捨的離開我，轉到妹夫工作地高雄，在高雄女中任教。每週還必回來兩次看我，聽我數落她的缺點。小妹節儉成性，省吃儉用，唯有對老姐大方。什麼好吃的或稀罕物，都留著給二姐。若聽見我有啥不順心，她就急得會哭起來！

相比之下，三妹眞是個樂天派。雖然高中畢業因考取郵政局，由郵務佐升任郵務員，再升至高等郵務員，沒念大學，如今也當上臺北某郵政支局局長了。三妹成天笑口常開，幹活兒麼利快，樂於助人，人緣之好就甭提啦！

兩個妹妹對我的殷勤親愛，常常教人感動，無論我有什麼需要，一聲令下，兩個妹妹立即奮不顧身代辦。咱中國人聰明稱兄弟姊妹爲「手足」，再適當不過了！

永恆的彩虹

消逝於無邊際的漂渺青空

名詩人鍾鼎文先生，在他的《白色花束》詩集裡，有一首：〈輓歌〉，是爲一位十九歲飛行失事、殉國而死的青年空軍作的。那位年輕的空軍，就是我的大弟燕民。

鍾先生在〈輓歌〉中，這樣寫著：

你永遠不回來了，你活在天上！
你輝煌的生命凝成晶瑩的星光，
但卻是無定的流星，飄然落下，

落向那不可知的，幽冥的彼方！
啊啊！你永遠不回來了……。

你永遠不回來了，你活在空中！
你青春的幻夢化著燦爛的彩虹，
但卻像無常的曇花，悄然謝去，
消逝於無邊際的，漂渺的青空！
啊啊！你永遠不回來了……。

那時，我們全家正沈浸在酷烈的傷痛中。母親和我在大弟出事以前，從未想過飛機會因老舊出故障，摔死人！也就沒半點心理上的準備。猝不及防的，要接受這種慘痛的事實，眞不是一件容易的事！

那時，丈夫正久病臥床，整個家原已愁雲慘霧。母親怕她哭兒子，給我們帶來更大霉運，不敢在家裡哭。常常趁我不注意，獨自跑到田野，哭喊大弟的名字，悲悲切切，肝腸寸斷的：

「燕民啊——你再也不回來看媽媽啦?!」

我心中的哀傷絕望，如海洋般洶湧。我說不出隻言片語來安慰母親，祇能摟緊媽媽，母女倆抱頭痛哭！然而，再多的眼淚，也改變不了殘酷的事實，大弟永遠不會回來了！

人遇大喜大悲之際，自然會產生求得共鳴的意願。我將大弟飛機失事的不幸，寫信告訴鍾鼎文先生，請他爲我寫一首悼念大弟的詩。鍾先生當時是我參加的函授學校，詩歌班老師之一，常在報紙副刊，拜讀他精彩的詩文，但我並不認識他。

鍾先生很快就回信了，信上說他很同情我，爲我難過，好似他自己也喪失了一位親愛的手足。他說詩寫好了，但並不能表達他內心的同情和難過，當然更不能表達我深沈的悲哀。他請我相信，大弟確實活在天上，並允許他分擔一些痛苦，因爲他敬佩大弟爲國捐軀。要我向母親致意，說她是一位可敬的媽媽！

安慰母親思子之情

鍾先生的詩，和他偉大親切的同情，讓母親和我得到很大的安慰。還有燕民幾位教官、同學、朋友們的關懷，也有助我們療傷。特別是一位自空軍幼校，到空軍官校，自稱是燕民八載同窗，情逾手足的吳光曾。大弟失事一個月後，我收到他的信：

二姊，我是燕民最要好的朋友，他走後，以我和他的感情，該立刻來看望您們。但我沒有一點表示，也沒和同學一起來慰問您們，到現才寫信給您，心理很慚愧！因我恨自己無能，想不出辦法減輕燕民早逝，所留給您們的悲痛！燕民對國家已盡了忠，但還有對母親未盡的孝，對弟妹未盡的愛，讓我來代他盡一些本份吧！

二姊：我一直羨慕燕民有個幸福的家庭，有慈愛的母親、有可愛的弟妹、和您這樣關心愛護他的好姊姊。而我在臺灣，祇有一個哥哥，已經很久不通音訊了，請答應我分享一點燕民的家庭溫暖吧！

不久，光曾由另外一位同學，陪同來我們家拜訪。他外表純樸，談吐木訥，一張紅褐色長圓臉，笑容現出了眞誠和善良。光曾給我的印象，正如空軍幼校畢業紀念册上，燕民替他擬的小傳：「——性忠厚，沈默寡言，待人誠懇，重義氣！」

從此，光曾眞像燕民一樣，假日就由岡山來嘉義看我們。由於他對這個家的關心，對母親孝敬、對弟妹友愛，我們相處猶如家人。我們彷彿從光曾身上，看見燕民的影子。光曾不健談，言語卻風趣無比。他常藉與燕民同學時，兩人之間的糗事，博得母親一笑，安慰母親思子之情。

光曾奉調嘉義，母親說是上帝的安排。每天下班時刻，母親就坐在門口大樹下，像等候燕民一樣，等光曾回來。遠遠的看見光曾筆挺軍服，輕快的朝家這邊走來。母親必命我快去廚房炒菜。茶泡好了嗎？水果洗了沒有？眞像待兒子一樣。而光曾發了薪餉，必買許多禮物，又分別給弟妹零用錢，帶他們看電影，替他們補習功課，也眞有做大哥的模樣。弟妹在學業或生活上，任何大小問題，都說給光曾大哥聽。光曾使家中每一成員，都感到無限親切。而他那包含機智、哲理的見解，出其不意的幽默，足以紓解全家的傷痛。他強調燕民是赴一次長程旅行，回返天家去了，將來我們也要去的，燕民不過是早一批出發而已！

民國四十二年，光曾獲選第一批派美受訓的飛行軍官，學習噴射機駕駛。他出國期間，委託同學，按月將國內薪餉，送交母親使用。說燕民所當做的，他也當做。每週兩封平安家信，報告受訓生活，和異國風光，又寄些神氣活現的，穿著飛行衣，在噴射機艙內的相片。有時故意拍些啃大紅蘋果，或打開空空的冰箱，表示沒得吃的傻樣子，使我們瞧見開懷一笑！

「我願為祖國流盡最後一滴血！」

光曾信上強調美國國家強，那是他們國民努力，我們也該力爭上游！他覺得美國蘋果，不如臺灣甘蔗甜，牛排也比紅油水餃差遠了。他說外國月亮並不比中國圓，殷盼早日畢業，回來報效國家，與我們團聚。

記得他受訓結束，畢業典禮過後，回到宿舍寫信給我：

——美國同學，都有家長參加他們的畢業大典。我們這些異鄉遊子，觸景傷情，心中很不自在。接到二姊的賀函，才感到欣慰，彷彿自己也有家人來了。比起那些連家信也接不到的同學，我是多麼幸運！

光曾是感情豐富、智慧高的青年。他深知「給予」和「接受」都是人性的光輝。出國前，他將母親為他縫補過的兩雙線襪帶走，說是可治腳痛。母親用舊毛線替他織的背心，他說比美國羊毛衫暖和多了。小妹送他一本記事簿、一本小舊册子，他也保存得好好的，記朋友的通訊處和電話用。

光曾回國的時候，我來臺北接他。一年多不見，他長得更英俊了，強壯的胸前，中國飛鷹之外，又多了一個閃閃發亮的美國飛鷹胸牌。我陪他興奮的在臺北吃了解饞的燒餅油條，喝了豆漿，乘夜車返嘉義。光曾給我們帶回兩箱遠洋禮物，母親說可以開個小委託行了，他自己卻一點洋物都沒添。

光曾返國後，先後參與臺海戰役多次，英勇的表現，獲頒獎章、獎牌。又數次駐防金馬前線，替隊上立了不少汗馬功勳。他寫信告訴我：「遙望隔海祖國山河，有展翅飛去，解救故鄉父老兄弟出水深火熱的衝動。看見那一片大好河山，我願爲祖國流盡最後一滴血！」

在他自稱「神鷹」相片背後，他題字說：「妳所有的兄弟，都是英勇的！」

外島服役返臺，正逢我將做第二個孩子的媽媽，光曾利用假期，陪我談笑，化解我產期已到，尙無分娩消息的不安。他學馬祖老太婆講話，學金門老公公騎馬，像天大新聞般：「馬祖女人衣服扣子，都是布做的咧！」全家大笑！

我的第二個孩子保眞，終於誕生了。光曾大喜，眼睛笑成一條縫，將嬰兒抱在臂彎中搖著，口中念念有詞的說：「二姊多了不起，生了個這麼乖的小娃娃！」這個乖的小娃娃就成了他向朋友炫耀的「乾兒子」。

光有乾兒子不行啊，母親早就關心他的終身大事。光曾生活嚴愼，不像一般飛行員涉足歌廳舞場，他不亂交女友。弟妹問吳哥哥爲何不追女孩子?他說：「大丈夫何患無妻。」果然，光曾毫不費勁的，就娶到我大舅的女兒。表妹美得勝過電影明星，儉樸嫻淑又如村姑，且兩人情意相投。表妹父母雙亡，在大姑母——我母親主持祝福下，和光曾結婚成立小家庭。婚後，小家庭美滿和諧，母親十分得意光曾和表妹親上加親的婚姻。表妹爲他生育兩男孩，相貌皆酷似其父，光曾欣喜萬分，常向我誇耀：「我可死不了啦!」

宛如怒放的鳳凰花

革命先烈林覺民，也和他妻子說過有子繼承，他死不了的話。然而民國七十年母親節，我接到表妹哭訴的長途電話，光曾在執行夜航任務時，殉國了!我兼程趕去，光曾已火葬，南臺灣鳳凰花正怒放，遠遠望去，猶如天邊的彩虹!

如今，光曾的兩個兒子，都已大學畢業，出國深造。表妹也有一分很好的工作。我永遠忘不了，光曾在大弟失事後，二十多年，給予我們數不清的溫暖友情。他失事時才四十歲，比燕民是大了許多，仍正當壯年。做爲一名保國衞民的職業軍人，爲國犧牲是天職，是所有軍人共同的天職，空軍的任務，較陸海軍更具危險性。過去，我不太瞭解空軍，自大弟和他的同學們，相繼獻出自己生命後，我深知爲了保衞中華民國，爲了保守臺灣這片反共聖地，多少有爲的炎黃子孫，爲此流血獻身。寫到這裡，我似乎又聽見那些哭聲，哭他們的兒子和丈夫；哭聲淒惻不忍卒聽。我唯有以虔敬的心祈禱，求上帝親手撫慰傷痛的心靈，讓他們相信，凡是爲國喪亡的勇士，都是天邊永恆的彩虹。有時我們看不見，但依然高掛在天上！永恆的彩虹！

小人子

在中正機場看見他時，頭一眼，還沒特別印象。那時亂哄哄的忙著招呼他爸媽，和他小姐姐。他小小的身子坐在媽媽背著的幼兒椅上，從肩後探出一個小腦袋，表情很漠然！面對一群與他生長環境迥然不同的黃面孔，及歡呼迎接他的陌生親人，好似司空見慣，毫不怯場。

他才二十個月大，是我們的小孫子。

七年前，上帝已經賜給了我們一個乖巧可愛的小孫女，我們就很滿足了！沒想到，隔了五年，上帝又賜給我們一個叫「小人子」的小孫兒。他爸爸在越洋電話裡稟告我們，說小人子正好玩，他們已訂好飛機票，決定和媳婦帶小人子和他姐姐，一家四口返臺陪雙親過年。這對我們兩老眞是天大的好消息，小人子爺爺更歡喜得合不攏嘴，天天唱歌！

顯然回家過年他們也是臨時決定的，小人子的爸爸是我們的大兒子，在美國研究癌症藥物，工作忙碌，能抽出半個月的時間，拖兒帶女，千里迢迢返鄉過年，眞是不易！距他們返臺日期前一個禮拜，才告訴我們，這七天之內，我馬不停蹄的張羅，先收拾出一間套房，給他們住。又添購兩床新棉被。雖然他們在臺停留短暫，仍然給小人子由幼兒小床、吃飯坐的小高椅子乃至紙尿褲、玩具等預備齊全。至於兩個小孫子的新衣，他們要吃的果汁、奶粉、鮮奶、糖果，更是採購得一應俱全。到了接他們前一日，又忙著燉湯滷菜、包粽子、訂包子，準備他們愛吃的家鄉味，連豆漿都打好存放在冰箱，以便第二天他們一到家便有得吃有得喝。老伴兒瞧我忙得不亦樂乎，怕我累著。我說難得兒子這番孝心，花錢買貴的機票，大老遠長途飛行受罪，爲了陪爸媽過個年。何況，還給咱們帶回來一個沒見過面的小孫兒！

小孫兒沒回來之前，由陸續寄來的照片，我們已經大概知道小人子長得是個什麼樣兒，也在錄音帶中聽過他的哭聲笑聲。但那感覺與親自見面，大不相同！我們細端詳這個與自己有血緣的小娃娃：方圓型腦袋上有一頭豐密的黑髮，他媽爲他修剪得恰到好處，不長不短，露出兩隻肥厚的大耳垂。前額寬而凸出，眼眶深眼皮薄，一對瞳仁黑又亮。小臉蛋兒白裡透紅，小小的嘴巴張著想講話，卻露出幾顆白白的小乳牙。原先他爺爺看了照片，認爲小人子是他外公的翻版，這會兒見了眞人，又說我們小人子四不像了！我罵他胡說八道，他答絕不胡說八道：小人子不像他爸媽，也不像他爺爺奶奶，不是「四不像」是什麼？惹得大夥兒都笑了！

走出機場大廳，小人子爸爸的老同學俞四寶，幫忙將行李裝進他漂亮的大轎車後面，大家將上車時，才發覺小人子還在他媽媽背上，正伸出小胳臂，用力向他爸抱著大堆外套中，拉扯他那件藍紅相間的小雪衣外套。我將他肉嘟嘟的小身子抱進懷裡，他竟然一點兒也不怕生，由機場返家車中，他一逕乖乖的依偎著我，彷彿一出世便跟我在一起般的熱絡。我問他媽，小人子不怕生人嗎？他媽說才不是呢，小人子雖然也和他姐姐一樣喜歡小朋友，但任何不熟的大人他都不肯接近，更不讓生人抱他。他只會站在大門口，每天朝打從他家門前經過的左鄰右舍，笑著說：「巴布、巴布！」老美們不懂中文，以爲「巴布」是中國人問好的表示，便忙著向小人子回說：「巴布吐由」(BABU, TO YOU)。小人子在奶奶懷裡安安靜靜的坐著，他知道大夥兒正在談他，但兩隻眼轉來轉去，看車窗外，一付很得意的小樣兒！

抱小人子乘電梯到五樓門口，打開家門，剛把他放到地上，他便挺著小胸脯，翹著小屁股，大模大樣走了進去。大人們又是一陣忙亂，提行李、脫外衣、換上舒服的拖鞋，沒留意小人子動作。突然，電視機嗶嗶的亮了，客廳書架下的音響也傳出了音樂。原來小人子在美國家中經常玩弄電視機的遙控器，並開關一切他搆得到的電鈕，他不因這些電器形狀及放置位子與他美國的家不同，就有所顧忌。也不理大人喝止，關上電視，他就打開音響，關上音響，他又站到沙發上去搆電燈開關。這時，他爸爸一聲：「小人子！快來洗手！」他才如奉軍令，小跑著去了。

小人子他們搭乘華航直飛班機，原定清早七點抵臺北，卻提前在六點半就落地了，所以回家第一頓飯是早餐。小人子進餐規矩先圍上圍兜，大人抱他上專用高椅子裡坐定，小傢伙早已等不及要吃要喝啦！我問他爸媽小人子喝什麼奶？意思是鮮奶或沖奶粉？他爸說咱們豆漿就給他喝，您瞧瞧，他胃口有多好！果然他爸話語未了，倒給他的豆漿已經仰脖子一飲而光，又指著他喝水喝奶專用小杯子大喊大叫：「合奶」、「合久」（喝果汁），他爸給他連倒了三次還意猶未盡，又連吃了兩個切成小塊的滷蛋、粽子、豆沙包、油條，給他什麼他吃什麼，全部吃得津津有味！爺爺沒見識過如此能吃的小娃娃，樂透了！直說好小子，行！怪不得我們長得壯！你爸爸小時候，每頓飯都得等大人費好大勁才餵完，見了吃的就發愁，所以現在還那麼瘦。

小人子吃水果更痛快了！最愛吃葡萄，等不及剝皮去子兒，一粒剛入口立刻要第二粒。橘子也喜歡，除掉子半片半片餵他，也是等不及小嘴忙著使勁嚼的同時，又忙著叫：「葡萄」、「橘橘」，兩隻小腳還幫忙蹬，因為光伸小手覺得不夠傳達心意了。幼小孩兒吃東西模樣原叫人憐愛，小人子吃相更令我心疼，發誓我即便做苦工去賺錢，自己不吃不喝，也不叫這小孫兒有半點缺乏！其實，哪裡餓得著他，他出生在兒童的天堂美國，又有以孩子爲重的好父母，他還未來到人間，就早已爲他預備妥一切所需。他享受的環境比美國一般兒童有過之無不及，還勞我這個奶奶操心嗎？但天倫骨肉之情，竟是這般自然深厚！

早餐後不久，小人子就坐在沙發上，抱著給他姐姐買的兩個布娃娃，及給他買的貴賓狗，沈沈睡去。許是長途飛行辛苦，又吃了個大飽——他生平第一頓在自己國土上，吃純中國味的早餐。以致我抱他進臥室放在小床上，他也不醒。那睡態可愛極了，唯有帶著翅膀、畫兒上的小天使才可比擬。

小人子睡著了，大人們能安寧的講講話、敍敍情，兒子向爸媽訴說海外生活、工作甘苦，小孫女兒也得空拿出她學校的成績單、圖畫來獻寶。小人子睡了很久，加上時差，所以第二天午夜三點，他便在房裡大唱大叫，聲音宏亮無比，全家人由不得不聞歌而醒。連最賴床喜睡懶覺的爺爺，也起了五更。說起小人子中氣十足的嗓音，我們也早在錄音帶裡領教過！先是由他小姐姐鋼琴獨奏，他媽在一旁說明：「這是參加社區兒童鋼琴比賽演奏錄音，曲子也是您們小孫女兒自己作的。」他媽剛說完，錄音帶突然傳出一陣咯咯咯，又像笑又像叫，高分貝蓋過所有聲音。接著：哇哈！哇哈！哇哈！連續大嚷了三分鐘，他爸爸才解說：「這是小人子在唱歌！他長大了一定是個聲樂家。將來，您們小孫女作曲彈琴，小孫子演唱，姊弟倆一對音樂家咧！嘿嘿！」

小人子的媽媽回臺第二天，便去南部娘家探望母病，留下小人子姐弟和他爸爸，在爺爺奶奶家過年。每天我都想比小人子早一刻起床，想和他爸爸小時候一樣，孩子起床時母親不但自己梳洗舒齊，也準備好可口的早餐啦！

但是，無論我怎麼早，小人子也是比我起得更早。經過一夜睡眠，小傢伙總是精神煥發的笑著叫著。他爸帶他和姐姐睡在一間房裡，每天都耽心太早放他出來，吵了爺爺奶奶。但小人子那裡關得住，有爸爸和爺爺奶奶陪他，他從未表現想念媽媽。只是早晨出屋，如果我在浴室，會聽見小腳蹬蹬蹬的跑出來，然後大聲朝浴室喊幾聲：「馬馬！馬馬！」

可憐小傢伙，嘴裡雖然沒吵著要他媽媽，心裡還是想念，而且他也不明白，爲啥到這兒，媽媽就突然不見了，孩子心頭必定會思念來到人世便日夜依偎的慈母臉，不過忙著和爺爺奶奶二老親密，二老哄他玩逗他樂，無暇去想媽了。加上在軍中服兵役的小叔叔，放了六天年假，小叔叔強有力的膀臂，常常將他和小姐姐一齊抱起來，左臂抱一個，右臂抱一個，在屋裡轉圈，或是將小人子舉起，騎在小叔叔脖子上：「騎馬馬顛」，逗得小人子笑瘋了，頭髮也笑成沖天髮！

小人子天生是當指揮官的材料，一家老小被他指使得團團轉。一下子要爺爺抱他，將他小嫩臉貼在爺爺大老臉上，不怕爺爺的鬍子扎人，也不嫌老臉難看或老人癖髒，爲的是爺爺有耐心一幅一幅指著牆上的畫兒講給小人子聽。一下子又叫我來抱抱。別看他小小的個兒，份量可不輕呢，抱不多久保管腰痠背疼，膀子就沒力氣了。何況他並不是老老實實抱著不動，還叫我東走西走。他最喜歡的是小孩子不該去的地方，如到廚房掀開每口鍋看，到陽臺開動洗衣機，放他下地，他便快跑去扭開煤氣爐，我驚叫，他就咧開小嘴露出小白乳牙朝我一笑！他伸出兩隻小手拍拍要人抱抱的小樣兒，任誰也拒絕不了。抱起他，他又不忘用小手在我背上輕拍著，比照大人安撫小孩兒方法，我更招架不住隨他旨意上山下海在所難辭。他又鬼精靈，看過一兩次我要出門，先拿書架上的裝鑰匙小皮包，他想到外面去玩，就拉著我去拿小皮包，再跟屋裡其他人拜拜。有時儘管天剛亮，瞧他在屋裡悶得可憐，透早抱他到家後小公園蹓達蹓達。小叔叔在家的時候，到了小公園，就陪他和姐姐溜滑梯，坐翹翹板，看小狗狗跳進小池子裡晨泳。有時他不用大人牽也不要抱，自個兒走過公園小木橋。小叔叔慢慢跟在後面保護他，我站在遠處觀看，那麼一個小人子，穿著奶奶給買的小新外套，外套稍大，更顯得小人子小小的個兒，又心疼又憐愛；忍不住思索：這世界原沒有小人子，他是打哪兒來的呢？如此可愛的小東西！儘管他回來，破壞了家裡好些用具，我們一點不在乎，眞是愛得他要命！

春節在一片恭喜中過去了，小人子當然過得快樂極了！他得到許多紅包，因爲他不但年齡最小，親友間他的輩份也是最小。他對紅包的價値不清楚，除夕夜按老家習俗，他爸率領他和小姐姐向爺爺奶奶鞠躬辭歲，爺爺奶奶和小叔叔發壓歲錢紅包，小姐姐拿到趕快收進她的旅行袋裡，小人子只知道抽出紅封套中花花綠綠新鈔票，看一眼就丢在沙發上。小人子心目中，鈔票跟一張花紙沒啥差別！遠不如過年吃的中國糕餅糖果實在。他最愛吃餃子，號稱「餃子大王」，又喜歡喝香菇鷄湯，咕嘟、咕嘟、一碗接一碗喝得好痛快！另外，小人子對鞭炮頗有興趣，除夕響了整夜此起彼落的鞭炮聲，並未吵了他安眠。白天樓頂放的炮不如晚上在小公園放的好玩！又黑又冷的小公園裡，他和小姐姐手上拿著「仙女棒」，點火後突然亂射金光，小姐姐嚇得扔了出去，小人子毫不在乎！小叔叔放沖天炮，他也不像小姐姐要爸爸捂住耳朵，他只是瞪圓了雙眼，小嘴驚成O型，仰脖極目觀看快速升天、有光有聲的炮仗，整個小臉變成一句驚嘆號！

熱鬧的日子跑得太快，小人子坐了生平第一次長途汽車和火車，是到臺中榮總看住院的外婆。春節假期車擠行得又慢，小人子在車上不煩厭，輪流在奶奶、爸爸、小叔叔三人腿上坐著，悠哉閒哉忙著跟鄰座進行國民外交，不管大人小孩無不受了他無邪天眞的傻笑，而隨他開懷一樂！

小人子他們返美前一日，我帶他陪爸爸理髮，小姐姐燙頭髮。我扶他坐在理髮館門口摩托車上，一隻大黃狗過來了，他樂得吱吱喳喳想下去跟狗打招呼。我牽著他歡歡喜喜的由隔壁店裡買了一瓶肥皂泡，吹出好些圓圓的彩色透明泡泡，小人子更樂開了！孩子心裡不知憂愁，因他不在乎美麗的事物容易破滅！就像他這些天，只知道多了爺爺奶奶一塊生活，多了兩個寵愛他的人，只曉得被哄著玩的快樂，不知其短暫，轉眼他便將回到美國寂寞的家中。當我牽著他的小手手，走過狹小巷道，到對街鞋店去給他買兩雙小鞋，那時，我似乎還覺得他會在身邊待很久哩！

到中正機場的車子裡，小人子還由媽媽懷裡掙出來，要爺爺抱，在爺爺溫暖的臂彎裡，不久便睡著了，他覺得很安全，很舒服！在候機室等候登機的時候，他還那麼高興要我拉著他小手手，東跑跑西看看。姐姐給他一塊餅乾，他還像在家裡一樣，先掰一角餵到我嘴裡，然後很滿足的將小餅乾一口吃掉。他快樂的繞著送行的親人跑來跑去，一點兒也不曉得馬上又要受長途飛行之苦，又回到爸爸上班，姐姐上學，媽媽忙家事，沒人陪他玩的孤單日子……

送走小人子回來，覺得家裡一下子變得無比冷靜、空寂！少了小人子姐弟嬉笑聲，空氣竟然冷清得令人忍不住要掉淚！我的小人子，他若有權選擇，他一定寧可住在臺灣。但天下哪個小小的孩兒，能爲自己選擇環境呢？還不是大人給他什麼樣環境，他就接受什麼樣環境！而我這個做奶奶的，明明聽見他們回去以後，在越洋電話中說小人子不肯獨自睡在樓上嬰兒房裡，整夜啼哭，哭啞了嗓子，第二天竟發燒了！我滿心掛念心疼小人子，也只得徒喚奈何！心中越發覺得難受而已！只好祈禱上帝保佑我們的小人子，告訴他，無論何時何地我們都愛他，永遠伸出歡迎的雙手，等待他長大！

大　碩

大碩是一個六歲的小女孩兒，長得非常可愛。圓圓的臉蛋尖下巴、大大的眼睛小扁嘴，笑起來有兩顆淺淺的小酒窩。剪成一排劉海的小頭髮，經常洗得又黑又亮。最惹人疼愛的，是她說話時聲音細細甜甜，小大人似的京片子。

大碩是生長在中國大陸北平的小娃娃，家中只有她一個小孩。自從爸爸出國後，大碩親人就只有媽媽。雖然大碩有舅舅阿姨，但全不住在一塊兒。幸好後來外公由浙江來北平，幫忙媽媽照顧大碩，不然媽媽要到機場去上班，大碩放學回家沒人管，多可憐！

大碩的家是公家宿舍，房子很小。她和媽媽睡一張床，床邊小桌子就是大碩的書桌。大碩放學後，就在這桌子上寫功課和畫畫兒。大碩很喜歡畫畫，常常請媽媽將她畫的小貓小狗寄給在美國教書的爸爸。大碩很想她爸爸，所以最喜歡媽媽帶她去吃肯德基。因爲肯德基是美國食物，大碩愛吃那又酥又嫩的炸鷄塊，鹹鹹味道的小麵包，濃濃的玉米湯。吃的時候，大碩感覺和爸爸很接近。另外，大碩喜歡肯德基店明亮的燈光、乾淨的桌椅，這和北平其他小吃店陰暗髒舊多麼不同，大碩是愛清潔的小女孩兒呢！可惜媽媽太忙，肯德基太貴，媽媽規定一個月才帶大碩吃一次肯德基。大碩想若是天天能在乾淨漂亮的店裡，吃香嫩的炸鷄多好哇？美國的小孩兒一定可以天天吃肯德基！

大碩平常的玩伴，是住在她家附近在幼兒園、和小學同學的小朋友，總共祇有兩三人。跟大碩一樣，他們都是父母的心肝寶貝，因爲每家都祇有一個孩子。大碩曾問媽媽，爲什麼她沒有哥哥姐姐？也不能有弟弟妹妹？爲什麼媽媽有姐姐有哥哥？媽媽回答她說如果她有哥哥姐姐，就沒有大碩了。上級規定每家祇准生一個小孩。所以，大碩也不可能有弟弟妹妹。媽媽的哥哥姐姐早在三十多年前生的，那時還沒規定祇許生一個小孩咧！

沒有兄弟姊妹的大碩，是寂寞的孩子。每天生活刻板，缺少變化。外公照拂她無微不至，最好的食物都給她吃，也捨得給她買玩具，但獨樂樂不如眾樂樂，外公年紀太老了，沒精神時常陪她玩。她總是一個人看圖畫書，所以，晚飯睡覺前，媽媽爲她講好聽的故事，是大碩最快樂的時間。這時候，媽媽會說外婆的故事給她聽。外婆在大碩還沒誕生，媽媽比大碩大三歲的時候，遭遇了車禍喪生了，媽媽比大碩可憐，從小沒有母親照顧。

媽媽也常和大碩說，外婆的妹妹，媽媽叫「二姨」的一家，住在中華民國的臺灣。「臺灣」有許多美味的水果，那兒的小娃娃和大碩一樣可愛，不一樣的是生活「自由」。大碩尚不十分了解自由的含義，但她愛吃水果，尤其是西瓜香蕉和波羅。大碩對臺灣充滿了好奇，也對隔著一道大海那邊媽媽叫「二姨」的親人，心懷期待。因爲媽媽曾告訴大碩，不久「二姨姥姥」會來看她。

知道「二姨姥姥」即將實現來看大碩，是大碩上小學才兩個多月的時候，大碩放學回家，外公接她時告訴她這個好消息。大碩決定將考了五分滿分的算術試卷，存起來給二姨姥姥瞧，要告訴姨姥姥，她考五分是最高的分了啊！

由媽媽談話中，大碩曉得除了外婆以外，姨姥姥是媽媽最想念還沒見過面的親人。姨姥姥這次來北平可是一件大事。大碩聽見媽和外公早就計畫，怎麼接待二姨，都到那些地方去玩？雖然姨姥姥在電話中，已告訴媽將住在叫「王府飯店」的地方，但媽還是把家裡掃除了一遍。媽媽和外公這幾天都像要辦喜事的樣子，買好多吃的和鮮花。

去機場迎接姨姥姥前一晚，大碩興奮得差點失眠，第二天不用媽媽喚，自己早早就醒了。媽媽給她穿最好看的白色運動裝、白鞋白帽，像個小白雪公主。大碩坐在舅舅駕駛的汽車裡，由家往機場路的兩旁，一排排濃密高大的樹林在秋天陽光映照，及微風吹拂下，搖擺著發亮的葉子，好像爲大碩心頭的喜悅在唱歌！

到了機場等候不久，舅舅和外公同時由入境旅客中，看見了二姨姥姥跟姨姥姥一塊來的，還有留著鬍子的老頭，媽說是：「姨外公」，另一個年輕男的大碩叫他：「多兒舅舅」。在大家歡呼聲中，大碩被多兒舅舅抱了起來。大碩覺得這姨姥姥和多兒舅舅都很面熟，像已經認識很久的親人了呢！所以，大碩十分自然的收下姨姥姥給的紅包、玩具，並津津有味的吃著臺灣的糖果，及米做的餅干。在「王府飯店」及「五芳齋」午餐時，「大碩乖！」「大碩好漂亮！」「大碩怎麼長得這麼好看呀？」讚美之聲不絕。大碩在姨姥姥懷中羞答答的說：

「我什麼都好，就是瘦了點！」

全桌子人都笑了，想是孩子的媽平時說的話。大碩無疑是她爸媽的掌上明珠，在那樣一個「共產」社會中，不論有多少嚴格無情的教條規定，「親情」永遠是人性中最不可磨滅的，愛自己的孩子，她是爸媽的骨肉至親！生活再艱苦，總要想盡辦法給孩子父母享受不到的東西，總希望孩子活得快樂健康。大碩，眞是瘦了點！

多兒和大碩一見如故，無論在何處，祇要有大碩，多兒便跟她黏在一塊兒。他將大碩抱起舉高高，大碩咳咳笑歪了直嚷：「好高！好高！」

多兒讓大碩騎在他肩膀上，跑來跑去。大碩笑得像個小瘋子！吃飯的時候，大碩也要坐在多兒舅舅旁邊，好給多兒夾菜。每道菜上來，她一定先給多兒碗中夾好多，自己才夾一小片海參放進嘴裡，邊嚼邊笑咪咪的說：「我最愛吃海參！」姨姥姥來北平，大碩感覺每道飯菜，都是只有過年才嚐得到的。而每次在外面吃一餐飯，就會花掉媽，或大舅小舅一個月的薪水呢！但外公還說沒好好招待姨姥姥，叫媽和舅舅買許多許多北平土產，給姨姥姥帶回臺灣去。大碩不像媽和舅舅每人都可請八天探親假，不能跟多兒舅舅上長城、頤和園等四處遊玩，唯有晚上媽才帶她去「王府」看多兒。快樂的日子過得快，轉眼八天就過去了！姨姥姥他們回臺灣之前，到大碩家來辭行，送給大碩一本有彩色圖案的小《聖經》，和一本黃色封面有多兒舅舅畫像的：《多兒的故事小書》。大碩拿到書好樂，想給媽媽看，媽媽正在廚房中忙著，大碩自言自語：「這下子我媽媽可有得講了，她可講不完囉！」大碩說話的聲音甜甜的，極其好聽，比臺灣電視五燈獎中的「古小兎」說話還要好聽得多。求上帝保佑這個可愛的小女孩，給她無憂的童年，幸福的未來，光明自由的人生！

輯二　鄉　情

喜樂的心是良藥

這裡說的「喜樂」，非咱家戶長先生。這句《聖經》上的箴言，影響我感動我的時候，咱家畫北平的「喜樂」還不知在那兒呢！

對日抗戰末期，住在四川成都郊外。為避空襲臨時搭蓋的四間草房，就是我們的家。食指浩繁，九口人的溫飽，孩子們的學費，已經夠難了。母親卻在這個時候，不幸患上大葉肺炎，日夜不停的咳嗽、發高燒！

經常我們住的茅草屋在風雨交加的夜裡搖撼，母親高燒不斷發出囈語，守著一盞菜油燈，昏暗燈光下陪伴母親病床側的，只有發育不全、又瘦又小的我。女孩兒中我排行第二，已經念初中了，由於營養不良而顯得異常瘦弱。深夜裡，母親偶爾清醒的時候，娘兒倆說起難過的日子、難挨的病，只能流淚眼對流淚眼！

多可憐啊！比起那些本地人同學們，人家都有好爸爸又有錢。唯有我爸爸非但不顧家計，還在外面娶小老婆。母親待他情深義重，爲他生了四兒四女，爲他吃盡辛苦，以娘家的錢養活一大家人，當然還加上他的小老婆。如今外婆和舅舅也被日本人害得傾家蕩產，無法再接濟我們，母親卻病得這麼沈重！

我們怎麼辦呢？母親的病若治不好，這些孩子們活得下去嗎？全家人的心跟秋夜的天色一樣陰暗！

那時候肺炎特效藥只有盤尼西林，盤尼西林是剛問世的西藥，十分昂貴，我們那裡有錢買？只好給母親服用醫生開的消炎片，和退燒藥粉。家裡暖水瓶打破了，買不起新的，每次母親服藥，我就點燃兩根竹片在小火爐裡，將小鐵壺的開水燒溫。弟妹幼小，大姐讀醫事學校，學業要緊不能請假。我只得停學在家，伺候母親還兼顧給弟妹洗衣煮飯，心中充滿憂傷悲苦，往日愛笑愛唱的日子，已經一去不返啦！

在一個星期六的下午，大姐由學校返家的時候，她的一位女老師，跟她一起來家看母親。這位老師是傳教士，個子高高的女教士，雖然是中國人，由於生長在美國，說話口音洋腔十足。溫和極了的問候，誠摯極了的關懷，使母親得到很大的安慰。她叫我們孩子們圍在床前，一起爲母親禱告。她的禱告簡單明瞭，她雙手合在胸前，垂首閉目，虔誠無比的說：

「我們在天上的父，和親愛的主耶穌。您曾允許，無論在何處，有兩個人以上同心禱告，他們所求的合您旨意，您必成全！現在，我和這些孩子們，一同向您祈求，醫治他們慈愛的母親。將他們生活所需要的賜下來，賜給這個家庭喜樂和平安。因爲您說過：『喜樂的心是良藥！』我們這樣禱告，是奉主耶穌基督的聖名，阿門！」

說也奇怪，這位傳教士來看過母親以後，母親的病眞的漸漸好轉。母親已經很久吃不下食物，瘦得皮包骨頭，也因爲胃口恢復逐漸豐潤。主要的還是經由傳教士介紹，母親得以免費到她的教學醫院治療。那時候，盤尼西林還眞是神奇的消炎良藥咧！母親注射過幾次盤尼西林，就不再咳嗽，呼吸也順暢多了！

事隔好幾十年，我早已忘記這位傳教士的大名，再向天父禱告，也是來臺灣之後的事。但是那句「喜樂的心是良藥」，卻在我心裡生了根，以致我每逢遇見挫折、遇見憂患的時候，就以歡喜快樂爲自己增強勇氣和信心！

「喜樂的心是良藥，憂傷的靈使骨枯乾！」不僅影響了我，也影響了我家三名壯丁，和他們的老爸：「喜樂」！

好辣！好辣！蒜瓣兒黏的牙！

農曆七月，中元節已過。陰天下雨，正逢暑假，鄰居小朋友想聽鬼故事。幼年圍繞母親膝前，要求說鬼故事的情景又想起來了！

母親雙手正織著弟弟的毛線衣，嘴裡說著：「以前在你姥姥家，有一個挑水的小子。有一天他閒著沒事蹲在地上挖鼻孔，把鼻子挖流血啦！血滴在土地上，那小子就用鼻血和泥，捏了一個小泥人兒，又到廚房拿了兩瓣蒜切開，當小人兒的牙。

「他把捏好的小泥人，順手放在柴房牆角上，不久就忘了這回事。後來，每天晚上你姥姥就聽見小孩兒哭著叫：『好辣！好辣！蒜瓣兒黏的牙！』大夥兒嚇得不得了，因爲左鄰右舍都不知道那兒來的小孩兒哭！哭得一到晚上，誰都不敢出門兒！

「幸好有一天，那挑水的小子又去柴房拿柴，看見他用鼻血和泥捏的小泥人兒，混身長出了一層綠毛。那小子嚇得趕緊把小泥人抓起來，扔進灶火裡燒掉，燒的時候，還聽見小泥人吱吱叫哪！小泥人燒掉以後，晚上再沒有小孩哭叫好辣的聲音了。」

故事說完了，母親解釋是因爲人的血有靈。姥姥家挑水的小子，如果不用他鼻血揑小泥人，就不致日久成精呀！當時我聽了很信服。

但鄰居小朋友聽了祇覺得挺有趣，卻不相信這是眞事。現代小孩子聰明多啦，沒我們小時候那麼易騙！

虹彩阿姨

虹彩阿姨是母親的同學，母親念天津女子師範，祇差半年沒畢業，就被父親哄騙，奉大舅之命——結婚了，那時外公已過世。

婚後母親隨父四處轉業遷居，舊時同學大都失去了聯絡。唯一常通音訊的，祇有虹彩阿姨。沒見虹彩阿姨之前，先在母親小相簿上，見到她的相片。相片上兩位漂亮的女學生，一左一右站在一株繁花滿枝小樹傍，婷婷玉立，風姿萬千！

虹彩阿姨在我渴慕中，出現在我家客廳。是我才考上北平第二附小，且卽將闔家遠離故鄉的時候。我很清楚的記得，那天放學回家還沒進屋子，就聽見母親和另一女聲開心的笑著。母親已很久很久沒有這麼高興過了！丈夫納妾生活艱困，孩子一個一個的生，母親無疑的從早到晚，忙碌又煩惱。我見到虹彩阿姨，她那白淨的容長臉蛋，小巧的鼻子，烏黑豐流的秀髮，完全是當年做女學生時，與母親合照的模樣兒，而母親都蒼老憔悴多多了！

虹彩阿姨沒有結婚，女師畢業後先回家鄉小學執教三年，後來轉到塘沽一個紡織廠工作，過著自由自在的獨身生活。她的個性非常獨立，母親說過，天下如虹彩阿姨那麼有主見、有眼光的女性很少。她沒結婚並不是抱著獨身主義，而是還沒遇見「可靠」的男人——虹彩阿姨說可靠二字最難尋，幾乎所有的男人婚前都說得天花亂墜，信誓旦旦，達到目的就變卦。

母親常後悔沒聽虹彩阿姨勸告，每回和父親吵架，就叨嘮著罵父親白眼狼沒心肝，虹彩早把父親看透了——其實不是虹彩阿姨有什麼先見之明，而是那時候婦女地位本來如此，結婚等於賣斷給丈夫，生死都由他管了。

虹彩阿姨，她永遠為自己而活！雖然有時母親會同情虹彩阿姨孤單無伴，大多時候，更羨慕虹彩阿姨活得了然，一無牽掛，到底如何呢？很難判斷，但聽見「虹彩妹妹」那首歌，我就不禁疑問，誰為她取的這麼摩登又詩意的名字？

羊四嬸

庚午跑得太快，來不及道：「馬二哥」，就得講：「羊四嬸」了！

羊四嬸不姓羊，由於她是屬羊的，而她本姓「楊」也與「羊」諧音，於是大夥兒就管她叫羊四嬸，她自己也滿喜歡的。

常說：「樹大招風」，羊四嬸受人注目，一是她有錢，出手大方。二是她為人抓尖好強，遇見出風頭露臉的事，總少不了她（人家說）。所以，在那個外婆居住的小鎮上，「羊四嬸」三個字，常常掛在人們嘴上，閒聊也好，談正經事也好，幾乎都少不了她出現話題中。

其實，羊四嬸並不是三八型女人，只因為在五十年前，大陸北方鄉間民風閉塞，女人拋頭露臉，跟男子平等論事尚不普遍。女人識字者很少，會作文章的更是難得。羊四嬸卻進過洋學堂，與僅在私塾念過幾年舊書的，思想自不相同。她不但人漂亮大方，說話也很好聽。

她娘家在上海，與外婆鎭上一位開綢緞莊及茶葉店的大老闆的公子相戀，那位公子跟她在上海認識的。爲了愛情，羊四嬸不惜離開繁華故鄉，捨棄洋學堂大小姐生活，下嫁到北方小鎭。

婆家跟娘家背景差異，並未妨礙羊四嬸爲人處事的觀念。她對公婆遵禮盡孝，但遇見該做的並不畏縮。首先，她力主在小鎭開辦女子學校，爲自己兩個女兒，也爲同鎭的女孩爭取受教育機會。反正娘家婆家都有錢嘛，辦學校又不是壞事，羊四嬸的丈夫首先響應。

如果羊四嬸先出錢、不露面，便不會惹人注意。她偏要自己做校長、兼教務主任、又兼教學老師。又要在地方公益設施上，表示意見，還插手過問。若是羊四嬸處在現代社會，準保是一位精明能幹的女強人。不幸她早生了幾十年，女人過分能幹，反而變成缺點。最後她丈夫竟移情別戀，另結新歡。

那年代，男人娶妾很平常。男人祇要有錢有本領，娶個三妻四妾也不犯罪。奈何羊四嬸不同於尋常女性，她竟告到法院去打官司，鬧得滿城風雨，議論紛紛說屬羊的女人生性妒嫉。眞是豈有此理。羊者：吉羊，欣逢辛未，憶及此事。

堅貞的愛情

大陸上我最親近的人，是長我四歲的姐姐。三十七年底她抱著半歲的幼兒，在上海黃浦灘哭著送我和母親弟妹登船來臺灣，從此一別成永訣。因爲大姐已於文革前一年，車禍喪生。留下兩兒兩女，和中年喪偶悲慟逾恆的姐夫。

姐夫與大姐情感彌篤，大姐死後他剃光了頭髮父兼母職，獨立撫養四個稚齡兒女，立志決不再娶。孩子們雖然難免插隊下鄉，各自受過不同磨折，而該念書的時候不能就學，失去受教育機會。總算在慈父竭力保護下，熬過飢餓痛苦最陰暗的日子。如今都長大成人，男婚女嫁擁有自己的小家庭和工作，正如姐夫說大姐在天也該心安了吧！

自政府開放大陸探親後，我的老姐夫便殷切盼望我能回北京一見。四十多年離別，彼此境遇都變得太多，我偕夫携子返鄉之行，豈止是：少小離家老大回，故鄉面目已全非呢。所接觸的一切，都彷彿在夢中！

走出北京機場關卡，立即被守候在接機人最前面的姐夫及大姐四個孩子中的三個（另一個在浙江未及趕來），歡呼簇擁的上了兩輛轎車。北京深秋仍有明亮陽光，但漫長多樹的機場路，在秋風裡分外顯得蕭颯淒涼！

夾道的樹是搖擺的白楊、青松、河柳，與有黃有紅的槭楓。許多樹正在落葉，許多樹已禿了枝枒。高而美的機場路行道樹，爲世界各國機場所罕見，使我有一種異樣感覺。

車子駛近一段柳樹垂枝路邊，後座的姐夫幽幽的說：

「你大姐就是在這兒遇見車禍的，當時天晚落雨路滑，路燈不亮，被迎面來的副經理座車攔腰撞上，當時她是民航醫務處婦產科主任，護送一位難產婦人到協和醫院去。你大姐若坐在前面司機旁邊，就不會撞死。她爲保護產婦坐在後面，被撞後彈出車門十幾丈遠，當場摔死……」

姐夫說著哽咽起來，全車默然！長長二十餘年過去了，多情的姐夫仍爲恩愛的妻子傷逝，我這遠道而來的妹子，雙目充滿的，當然是痛失手足之淚！

上帝啊！祂允許大姐早逝，是憐憫她免受文革活動浩刼呢？還是藉此顯現人間愛情的堅貞?!

老舅爺

已巳這條小龍跑得太快，彷佛我剛爲迎接小龍年，寫過一篇：〈更好的一年，小龍年〉，轉眼小龍年已駕雲隨風而去。想抓住他的尾巴，卻已聽見馬蹄答答奔馳而來！又逢馬年了，馬是全人類公認善良勤勉的動物。從小愛馬，因爲著軍裝的父親馬上英姿曾令我崇拜。但每到馬年，就想起的是屬馬的舅舅──老舅爺。

老舅爺其實並不老，如果他活到今年八十多歲可算得老了。但我見到他時，他不過四十出頭。他是母親的長兄，母親有兩位哥哥，性情完全不同。老舅誠樸老實，大學畢業。二舅慷慨好客，花花公子哥兒。因爲外公家境豐裕，又是北方鄉下的大戶，人口眾多，過年最熱鬧。我們小的時候，最歡喜跟母親回娘家過年。

老舅爺給我的印象，永遠是那麼慈祥和藹。他不像二舅有時瞪著大牛眼，嚇唬小孩兒。他見了小孩總是極有耐心，小聲小氣和我們說話。遇見母親嫌家庭幾個小東西吵擾，不得安逸的和外婆家的客人抹紙牌時，就將我們推給老舅爺。老舅爺安撫我們的法寶，便是說故事。

舅母過世得早，兩個表姊跟著她們的奶媽住，老舅爺喜歡小孩，但不能帶孩子睡覺。所以老舅爺自己住在書房裡，我們到他書房聽故事，他叫傭人炒大盤落花生，每個小孩分給一堆，規定我們要吃一粒剝一粒，細嚼慢嚥，花生殼必須丟進字紙簍。老舅說故事時，全神貫注。但並不坐在椅子裡，甚是在房裡走來走去，講一段，喝一大口桌子上玻璃杯中的白開水。不煙不酒連茶也不喝，說的故事卻無比精彩。聽過的小孩受益無窮，終生難忘！很多至今尚流傳的中外神話傳奇故事，我都早由老舅口中聽過了。可貴的是老舅每講一個故事，必將其中教訓解釋清楚。尤其記得老舅教我們做人要忠厚，節儉勤奮，他自己就連半張廢紙都捨不得丟，一定利用練字，寫滿了才丟掉。

相隔將近半世紀，老舅早已被中共折磨死了。每到馬年，就想起老舅親切的叮嚀。

「小二妞別亂跑；摔了跤，就過不了年了！」

花姥姥

世上有一種默默無聞的人，沒有學問也無功勳，但跟他相處過的，都感受到一種樂觀知足的快樂，花姥姥便是這樣的人。

花姥姥不是姥姥輩，也不姓花。她祇是我二舅的妾，北方人叫：「偏房」。因小時候我家也是除母親爲父親正房妻外，尚有一位我們喊她：「姨」的偏房。又巧在這兩位偏房都出身梨園唱戲的，我少不更事時，還以爲男人都該有個偏房，而且是戲子呢！

花姥姥什麼年代被二舅「買」進外婆家，不詳。從我記事第一次回外婆家過年，花姥姥就在那兒了。由於母親回娘家總在年終歲首，所以對於花姥姥的記憶，就跟過年連在一起，跟又忙又熱鬧，吃吃玩玩連在一起。

外婆家過年小孩兒最喜歡了，我們的騾馬轎車剛進外婆家大院子，還沒下車就聽見花姥姥銀鈴似的笑聲。接著出現一位滿臉含笑，眼睛笑成一條縫的婦人，搶先跑到車前來接我們。一手牽我一手牽大姊，噓寒問暖的迎母親進屋子裡。我們跟外婆親熱時，花姥姥就忙前忙後張羅茶水點心。每當我們去外婆家，都是花姥姥先收拾出我們睡的房間，床單被套全部換洗一新，玩具糖果也買好了，更難得的是幾個小孩兒頭上戴的，腳上穿的都預備齊全了。花姥姥自己沒生小孩兒，卻不像一般不孕的女子嫌小孩麻煩，總是耐心的照顧我們。

爲什麼大家都叫她花姥姥？不得而知！可能她成天笑嘻嘻的，又喜歡戴花的關係吧？反正無論何時見到她，一定樂和和的，性情之溫和簡直找不到第二人。原本她比二舅母年輕漂亮，雖然地位比不上大太太，該在享受上多些才對？不然人家本是很紅的戲子，爲何洗盡鉛華到鄉間來，甘心當大家庭的妾，過柴米油鹽平凡寂寞的生活。她在歡場娛樂界的時候，活動天地豈不大得多嗎？我曾經問過母親，母親回答說花姥姥是那種最聰明的女子，看得透人生。她知道平凡的日子才能長久，布衣溫暖菜飯香。成天宴樂陪笑給捧她的闊公子哥兒，不如跟自家的正當親戚們獻殷勤和睦。畢竟拋頭露面唱戲，也是逼不得已，非自願的呀！

梅蘭姐姐

春節前，意外收到一個中國玩偶，名曰：「梅蘭娃娃」，想係有心人士的巧思，以此取代外國的：「芭比娃娃」。實在是一件令人歡喜，喚醒民族信心，教中國孩子以自己爲榮的玩具。

這個黑頭髮、黑眼睛、著清朝宮服的中國娃娃，使我愛不釋手，驚喜萬分！因爲正是我盼望已久，完全表現中國娃娃可愛的玩偶。由於自己從小喜歡玩娃娃，小時候家境無法滿足買太多玩具的願望。而所謂小女孩都喜愛的洋娃娃又名符其實的舶來品，是「貴物」，難得買一個捧回家，母親必吩咐大姐和我：「兩人玩別吵架」。兩人玩還有不爭不吵的嗎？我寧願獨自玩小布人兒！

小布人是隔壁鄰居家大姐姐做的，大姐姐名字叫梅蘭。那時候還不懂梅蘭兩字意義多麼好，更不知梅花是國花，祇覺得很好聽，也不曉得什麼叫養女，只是奇怪爲什麼梅蘭姊姊不跟她三個叫：小全、小勤、小儉，加起來「全勤儉」的妹妹們一起上學唸書？還羨慕梅蘭姐姐不必辛苦背書練大字，天天放假呢！

梅蘭姐長得甜美可愛，跟她做的小布人兒一樣，楚楚動人。那一雙總是洗得乾乾淨淨的小手，幹活兒明快，儍像魔術一般將一塊碎白布，綉上兩隻彩蝶轉眼就成了一條漂亮的小手絹。或用大碗裡的麵粉，加蛋加糖和芝麻，不消片刻便炸出許多香脆可口的小點心。最叫我佩服得五體投地的，是她怎麼有那麼大的本事，將一些花花綠綠的碎布，拼縫成小儉——我同班小朋友奶奶的棉褥子，多餘的布，還能變出幾個不同大小的小布人兒！

母親常指著梅蘭姐說，她三個妹妹的小名全勤儉都在梅蘭一人身上了，教我和大姐兩人要多向梅蘭姐學習。學她溫順有禮，大人說話不插嘴。學她做事情有耐心，用功上進。白天沒空唸書，就在晚上跟著帳房先生認字，梅蘭姐臨摩字帖毛筆字才俊俏哪！「那孩子冰雪聰明！」母親常這麼誇她。

當時我是不大清楚何謂「冰雪」啦，但知這兩個字是讚美梅蘭姐姐的名詞。現在想起來才覺得太妙了。梅花綻放在冰雪之天，越冷越開花。蘭花花香清雅，有君子之稱。兩樣加起來不正符合梅蘭姐姐的品格風度嗎？寫到這兒心底充滿懷念，願故人無恙，千里共嬋娟。

小女孩樂事多

如果十二歲以前，算是兒童期，我的童年恰好一半在北平，一半在四川渡過。

在北平的時候，初曉人事到考進北師第二附小，記憶裡好玩的事很多，最清楚的是與鄰居小朋友玩耍的快樂。那時，大哥夭折，長我四歲的姐姐，及出生不久的小弟，都不是理想的玩伴。鄰居家有三個女孩子，她們的名字是小全、小勤、小儉，合起來是：全勤儉。

她們家的女孩確如其名，全勤儉，二個姐姐除了上學，就在家幫做許多家事，還給妹妹弄一些不花錢的小玩意兒：碎布包沙子縫成的「子兒」，一個個小方子兒可以抓在手裡，扔來扔去用手背接了再扔，看誰扔的花樣多而不掉，誰就贏了。剪下舊掃帚竹枝，小叉子狀像一隻小腳，用各色絲線纏過就成「小人兒」，裝在鞋盒子做的「小房子」裡，就變成一個小家庭，有祖孫三代，有丫環老媽子。小人兒的生活有生老病死，有婚嫁喜事，十分熱鬧。

小儉大我一歲，她開竅晚（大人這麼說），跟我一年戴上圍兜進幼稚園。幼稚園念上半天，午飯後大人強迫睡個中覺，多半只在床上躺躺，趁大人們歇晌兒時，溜下床偷偷開了後門站在小儉家牆沿下，對著她的窗戶小聲叫：「小儉——」。不一會兒，吱扭一聲她家後門也開了，一身花褲子花襖的小儉笑著就跑了出來。我們或玩「過家家兒」，或耍「扔子兒」，或到小店買一個銅板鐵蠶豆，坐在門口石頭臺階上「彈蹦豆兒」。鐵蠶豆又硬又香，邊彈邊吃，一粒鐵蠶豆嚼老半天，越嚼越香，好滿足！玩著玩著，前面哈爾非大戲院傳來鑼鼓胡琴聲，小儉瞪著眼說：「咱聽戲去呀！」神情語氣活似小大人，天還沒黑那兒來的戲？只不過戲院子裡練胡琴吹打哪。「小儉跟小二妞好得蜜裡調油」——母親如此說。因為我倆一天也離不開，有好吃的好玩的必彼此分享。但是常常見面三分鐘就吵架，她叫我「二巴哨子」，因為我行二，我叫她：「老三老三屁股溜尖！」因為她行三。但不到五分鐘兩人聯合對付街坊的「野孩子」時，就一同唱：

「那孩子！不是妳的！羊肉餡兒包餃子，你吃肉兒我吃餡，單打那孩子的屁股蛋兒！」

夏天捉「蟈蟈兒」，秋天土牆角掏「蛐蛐兒」，晚上聽蛐蛐兒唱歌，看螢火蟲打燈籠。春天遊廠甸兒買大風車、糖葫蘆，大人帶著。一串又甜又酸又脆的山碴糖葫蘆，小儉一口我一口，吃得嘴裡流汁……。

「離別了我們的故鄉，我們到處流浪！」經過漫長跋涉、車船交替的長途旅程，我們全家到了四川。臨別時，小儉送我她最喜愛的兩個小人兒，彩色絲線特別漂亮，暈船嘔吐髒了衣裳，母親爲我換衣時忘了取出衣袋裡的小人兒，就此遺失了，小儉在我心中的友情，卻永不遺失。

在四川住過好幾個鄉鎮，我的小學教育是在山明水秀的小鎮「五通橋」完成的。可眞是豐富快樂的童年啊！四川小朋友們比北平的孩子更會玩，跳房子、踢毽子。我們的毽子都是自己做的，四川小女孩兒會繡花，小小可愛毽底扁圓布繡著花花朶朶，羽毛也來自家中飼養的大公鷄尾，閃亮出孔雀色藍綠彩光。本領高的能連踢幾百下，又會前後左右踢出許多花樣兒。拍皮球、彈玻璃珠都不如踢毽子好玩。女同學書包裡都帶著毽子，知道誰的毽子好踢、誰的最漂亮！

四川小女孩兒也比北平的孩子會吃零食，上學的路上隨時有小販爲孩子們預備的零食攤子，涼粉、麻花、豆腐干、胡豆、米花糖……等等，太多了。口袋裡有錢的同學，買了零食大家分著吃：「大家吃了大家香，一人吃了打標槍！」這是四川孩子們流行的口語，意思好吃的東西獨自享受會瀉肚子。

因爲住家及學校都背山面河，眞應了：「我們門前有小河，後面有山坡」那首兒歌啦。

五通橋主要的交通工具便是小船，端午節划龍舟便成了一年一度的盛況。到時候，我們一群半大孩子上了房東的大花船，船上桌椅齊全，紮著牌樓，還有一面大鏡子。船上有吃不完的糖果點心水蜜桃、脆嫩甜酸的大李子。船艙太師椅上坐著房東老奶奶，穿著湘雲紗衫子，衣襟上戴著白蘭花，噴香的。女眷們陪著磕瓜子聊天。船尾擺著一架留聲機，不斷的播出流行歌曲，伴著人們的歡笑聲，大船在水裡緩緩的行著。到比賽的時候，只見一艘艘小船分別由赤膊壯漢划著，鑼鼓喧天，小船像箭一般射了好快、好快！又有人跳到水裡搶鴨子，搶到的人得到掌聲如雷及英雄般的歡呼，還有賞錢。

中秋節及春節，也有說不完的樂事。賞月是女孩兒們最歡喜的，沒有西洋蛋糕的時代，中國月餅在孩子眼中地位很高，平時難得吃的東西，總是特別珍貴。過年房東家殺年豬，架起樹枝在地上挖洞燻臘肉，焦香十里。炒米花、磨豆粉，自製糕點堆成小山，也裝滿我家所有的餅干盒子，裝滿每一個瓶瓶罐罐，而且半個月不必開伙，天天到房東家吃年食。四川同胞慷慨好客世界第一。

穿草鞋唱抗戰歌，行軍樂是童年最難忘的經歷。小小的身子穿上軍裝式的衣裙，皮帶綁腿一應俱全，出發的時候興奮無比，回來眞如打敗仗的小兵，累成跛腿拐腳，腳上還讓草鞋磨得皮破血流，回家趕快消毒擦藥，痛得我眼淚直流！

演街頭劇的滋味無法言傳，太美了。老師認爲我們有演戲天才的幾個學生，由指導教師帶著，到四鄉宣傳抗日，走到一處，搭個篷子就演起來了。唱到：「日本鬼子的大炮，轟炸了我的家——」聲淚俱下，表演逼真，得了校長好多獎品，樂不可支！

演什麼都好

暮春時節，薄薄衣衫軟日風。

我站在老家四合院大門口，看見隔壁哈爾非大戲園子，來了一群富連成科班小演員們。一人一輛黃包車，停在胡同裡。

瞧他們小小年紀，比我大不了多少。他們身穿竹布大褂兒，腳蹬千層底鞋，那份飄逸瀟灑姿態，足令我這個小女孩兒著迷！

家住戲院旁，有票沒票隨時可進園子聽戲。瞧多了舞臺上生旦淨丑，只覺演什麼都甚好！沾光隔著院牆，每天有鑼鼓胡琴聲韻傳過來，小女孩拿塊蒙頭紗，蘭花指、小碎步，幻想自己正在舞臺上。管他演青衣或花旦，就是跑龍套的小丫環也滿不錯。

初入小學，就因盧溝橋戰火，全家遷到四川。後方小學課程，最傾心的是音樂老師的歌喉。每教一首新歌，老師口中先唱出來，皆如黃鶯出谷，悅耳動聽。那時，我只想像她一般，會唱好聽的歌。

後來，我被選上校慶表演歌劇中一角。那是由西洋童話劇：「天鵝」改編的。劇情是說受後母虐待的五個王子，被詛咒變成了天鵝，唯一的小公主設法救哥哥恢復了原形。

「天鵝」小歌劇，載歌載舞，演出同學除了我以外，全係高年級學生。我猜音樂老師看上我，可能因爲我會說北京話，又長得嬌小，瓜子臉蛋加大眼睛之故，但我太小尙未培養出表演才能。排練多次，將我由重要角色小公主，換成獨唱極少的小王子。我小小的自尊心受損，爲此掉了不少眼淚。但演出時，母親告訴我，臺下的家長們都誇我演得活潑可愛，我又歡喜得不得了。

抗戰時後方舞臺劇流行，前方正浴血抗日，後方全面支援。宣傳日寇侵華，小學生也組隊下鄉。「放下你的鞭子」、「太陽西下」、「朱大娘送雞蛋」等等，簡短的街頭劇，演得臺上臺下熱血沸騰，愛國衞鄉保家之心油然而生。我扮演一個家毀投奔長兄的幼妹，居然聲淚俱下。那時，我念小學五年級了。

當話劇正蓬勃如日中天，演員在小少女眼裡就像天上的明星。爲了看話劇逃學蹺課，爲了羨慕跟隨他們自前臺到後臺。爲了一圓表演夢，從學校社團，至社會劇團，我成功地演出過「雷雨」中的「四鳳」，「日出」中的「小東西」、「母愛與妻愛」中的小妻子。但也因此荒廢了功課，被嚴父抓回家禁足。更因此早婚，失去同齡女孩享受青春自由的機會，因爲我太早做了媽媽！

現在想想似乎有預感，兒時一手懷抱洋娃娃、一手甩著絲巾，模仿「四郎探母」裡「鐵戰公主」，一出場就唱：

「芍藥開牡丹放，花紅呀一遍——」

原來，童年的夢只實在了做母親，將洋娃娃般小嬰兒，辛勤勞苦的撫育長大成人，如此而已！

老師的話

「人活得年紀大些，最悲哀的事，便是沒有老師了。」每逢一年一度教師節來臨，我便想起紀剛先生的話。

紀剛先生不是無病呻吟，正如他所感慨的，並非人年紀大了，便不虛心向人求教，乃是沒人肯爲你傳道解惑，頗有同感！因此，我更懷念有緣遇見的老師，及我三個兒子的老師們。

我因早婚失去升學機會，進的學校少，遇見的老師也少。但好老師不在乎多，能得一、二良師指點，便可終生受益。

記得是念小學六年級的時候，正值對日抗戰中期。我家住在四川嘉定下游，一個叫五通橋的小鎮上。因爲父親被派到那兒，負責鹽務局稅警。鹽務局在當時，是待遇高的機關，員工福利好，又辦了一所水準很高的子弟小學，叫：「模範小學」。

在模範小學念書的學生，當然樣樣都得表現傑出模範啦。校規嚴，對學生成績要求高，一切校際比賽，也就能贏不能輸的。不幸，我常被選出來，參加作文比賽、演講比賽。爲了準備和練習，失去許多與同學們玩耍的機會。別的同學正玩得高興的時候，也是我捧著導師給的演講稿子，背得苦不堪言的時候。這還沒關係，要緊的是，我根本沒有在大庭廣眾之下，從容不迫演講的本事。老師誤以爲我可以，是因爲我說得一口北平話。抗戰時四川小鎭，會說國語的小學生，太少了。

那位看重我的女老師姓牛，脾氣也很牛。人很秀氣，性格卻很男性化。她不理會其他老師聽我試講後的意見，更不聽我請求她另選會說話、有天才的同學代替我去比賽。堅決的斷定我定可勝任，她說如果我肯努力練習的話。她說沒有人天生是演說家，勤能補拙，卽使最不會說話的人，多說幾次也會進步！她再三教導我，凡事先要有信心，信心才是成功之母。

雖然那次七所小學演講比賽，我祇替學校得到第三名。牛老師教導我信心是成功之母，卻讓我一生受益無窮。我並以此格言來相夫、教子。我的孩子在求學過程中，每逢面臨升學聯考，母親便以當年小學老師的話，作爲他們加油的勉勵：「信心是成功之母」！

粽子與鄉思

開放大陸探親以後，好些朋友都回去過了，我也收到好些他們由大陸，我的故鄉，帶回來的小禮物。有眞絲圍巾、抽紗手絹、湘綉拖鞋、檀香小扇、檀香書卡等等。每每叫我感謝之餘，更增加對故鄉的懷念。最近，我又收到一樣小禮物，是一串彩色絲線纏成的小粽子。

我將一大兩小，串著珠子和流蘇的小絲粽，提在手上蕩來蕩去，心想，這麼美麗精細的手工活兒，是怎樣的一位慧心巧手的老媽媽，還是大姑娘做出來的呢？太久沒看見故鄉的小玩意了！我想起從前，每逢端午節，家裡的媽媽們，都給孩子纏絲粽，和縫香包，掛在身上又好看又香噴噴的，增加不少節慶的喜氣。

香包眞漂亮！各色零碎綢緞，縫成小黃老虎、亮紫的小茄子、小紅辣椒上帶著兩片油綠的小葉子，最好玩的是小猴子，小得跟小指頭一般，卻四肢均勻，眉眼俱全。那兒像臺北街頭出售的香包，千篇一律由一個模子刻出來的，死板俗氣。也怪不得誰，社會變遷，其實在大陸都市裡，費事的手工藝也稀少了。朋友說沒人再有閒情給孩子縫小巧的香包，給我的絲線纏成的小粽子，還是朋友住在鄉間親戚送她的呢！

掛菖蒲、划龍舟、吃粽子……兒時家鄉節景，不復重現，連我也非往日的我了。唯有小棗兒粽子，隨時可食可吃易如反掌。寶島多糯米，原來祇在中藥店買得到的紅棗，現在每家超市、雜貨店都有。從前一百元臺幣只買到十多粒，現在五十元一包一百多粒。吃小棗兒粽子還不簡單嗎？喜樂卻說不如北平的小棗粽子香甜好吃！那不是心理作用，是甚麼？

吃的、玩的、應節景物，莫不摻和著思鄉情愫。老北平們過端午節，祇知道吃小棗兒粽子。我們下一代，在臺灣土生土長的娃娃，最最愛吃的是鹹肉蛋黃、紅蔥炒過糯米包的粽子。在他們來講，廚房飄出煮粽鮮香，想到的是光滑油亮，摻著花生瘦肉、香菇蛋黃的粽子，多麼好吃，我三個男孩就是吃這種粽子長大的。雖然他們不排斥小棗兒，或甜豆沙粽子，最歡迎的還是肉粽。大男孩能一口氣吃三、四個肉粽，甜豆沙淺嚐即止。

端午節快到了，我那吃臺灣粽子長大的北平籍貫大男孩，正在異國異邦、別人土地上充實自己，開創前途。粽子對他來說，該代表多少故國之思、故鄉之愛？而許多朋友，以「臺胞」身分回過大陸家鄉，又轉回臺灣當「外省人」。我和喜樂至今尚無返鄉探望的計畫，為什麼呢？也說不上來，怕近鄉情怯，四十多年朝朝暮暮懷念的，已無所有，無處可尋，還得看好醜的五星旗，何必呢！讓故鄉美好的影像，長存記憶中吧！

中藥房的老闆

「但願世上人無病，何妨架上藥生塵。」

每當我的牙床肉腫痛，或喉嚨發炎的時候，我便想起老家的中藥店。同時，那位中醫老頭兒大夫和藹可親的笑容，及藥房中的對聯便由心底浮現出來！彷彿又聞見他屋中的中藥香。

童年生長時，有過一大段貧困的日子。姊妹兄弟眾多的家庭，小孩兒又經常生病。柴米油鹽之外的醫藥費，是一項沈重的負擔。我又生在傳統的重男輕女的家庭，若是弟弟生病，父母緊張，立即抱他到設備最好、花錢最多的醫院看病。我們女孩兒有點小病沒關係，吃點成藥就好了。若好不了：「去給馬大夫瞧瞧吧。」母親便如此吩咐。

馬大夫即中藥店醫生，聽說他祖籍河南，來北平懸壺濟世三四十年了。由於藥店是他自己開的，把脈看病開藥方一律免費不說，藥價也格外便宜。遇見窮苦人家只收點成本費，甚或象徵性收一點點錢，意思一下而已，因為馬大夫認為藥不可以送，送藥不吉利。

我記得常常在牙痛牙床紅腫，痛得不敢吃東西的時候，淚眼汪汪的坐在中藥店高欖子上。馬大夫笑迷迷的，用他河南腔土話安慰我：

「小二妞別著急，俺給妳塗了藥就不疼咧！」

說著就叫我張大嘴，仰起脖子，用一隻毛筆刷刷器皿，沾了冰片塗在牙床四週。涼涼麻麻的感覺，真的減輕了火辣辣的疼痛。然後，他又指使小徒弟，包四顆冰梅上清丸，或是：「黃蓮上清丸」，給我帶回家去，分做小粒溫水吞下。丸藥包在白臘殼內，活像一個小乒乓球。又拿一包甜甜的藥粉，讓我加在牙粉內刷牙消炎。再加上大包麥冬彭大海，泡茶喝。

經過馬大夫這番慈愛的診治，小女孩的牙疼變做滿懷的溫馨舒暢。卻禁不住懷疑馬大夫那兒來的本事看病？那些像枯乾樹根草葉的「藥」，又是打那兒來的？八成是撿來的吧。難怪他收費便宜了！我問母親。母親說馬大夫學問好、書讀得多，他不在乎向病人賣藥收錢多少，是他明白錢生不帶來，死不帶去。馬大夫深知人生病苦，故祈禱：「但願世上人無病，何妨架上藥生塵。」

故鄉節景及童年的中秋

生命旅途中，有一些令人感動長記於心的東西。

有時是一段感情，有時是片刻歡聚。也有時是一種極端孤寂，或是非常熱鬧的處境。牢牢的存進您記憶寶庫裡，發生在他鄉或故鄉、年幼或年長，反正在某個適當的季候，那種永難忘懷的往事，便由心底復活出來。

這樣，每逢秋天來臨，街市上出現代表節日，陳列在西點麵包店櫥窗大大小小的月餅，我心中便想到小時候，家鄉的歲月中的故鄉節景。

母親溫暖柔軟的大手，牽著我的小手，走在喧嘩熱鬧的大街上，選購過節吃的、玩的，我那小小心裡充滿歡欣。面對艷陽秋天，人潮滾滾的大街，我整個人像要飛翔一般喜悅著。空氣裡瀰漫糖炒栗子的甜香，和濃郁的果子香，小孩兒肚子裡的饞蟲全被勾引出來啦！

糖炒栗的大鍋就支在餑餑店的門口，一口大鐵鍋燒的燃料是夏天闊人家拆下的天棚草蓆。火很大，煙筒裡冒著紅光火苗子，小夥計揮動著一把大鏟子，不斷的翻炒。翻炒出一條街的濃香，加上烤月餅剛出爐的餑餑香，闔天蓋地彷彿都滿溢著美食的香味兒中。

糖炒栗子平常吃著玩兒，稱個兩三斤便夠了。月餅爲過節上供附帶送禮走人情，平時餑餑鋪的點心大八件、小八件都是配好了的，過節的月餅，可得精挑細選。自來紅、自來白，是普通級月餅，講究的是棗泥翻毛月餅，和廣式厚月餅，總得買個七八盒外加兩蒲包兒。甭擔心提不動，餑餑店小夥計自會送上門去。

接連成一條又一條街的臨時水果攤兒，撐著大布傘，鋪著老藍布的案子上，堆積著五顏六色，像打翻了顏料缸一般，北京到了八月節，正是各類果子豐收的時候，種類多得不及一一列舉，小孩兒最愛吃的有兩種：「大甜葡萄和脆棗兒」。

這兩種水果顏色漂亮，葡萄紫得像水晶，棗兒綠得如翡翠。還有紅郁郁的大柿子「喝了蜜」似的，「甜瓜」、「老秧瓜」、「老頭兒樂」，笑歪了嘴的「大石榴」、「雪花兒梨」、「大鴨兒梨」。光是蘋果科就又分好多種，「虎拉車」、「賓子」、「沙果兒」、「海棠果兒」、「如意果兒」，還有形如小柿子的「黑棗兒」、嬌媚的「山裡紅」、琥珀般的「枇杷」……太多太多啦，平時這些水果大半是在「果局子」就是水果店裡才買得到，快到中秋的時候，便出現在許多大街道路邊攤上，排列得整整齊齊錯落有致的，就是不買光瞧瞧也是享受，再加上各類水果不同的香味兒，誘得您想不買也不行。

所以，故鄉節景之一，是滿街都是喜洋洋，提著大包小包採買節貨的人群。而水果攤一角，買應景上供用的「兎兒爺」，是另外一景。

「兎兒爺」是以膠泥爲原料，手工捏的兎子模型玩偶。它的模樣很逗趣兒，兎兒臉上有三瓣嘴，嘴邊還有幾根鬍子，兩隻長耳朵聳立左右，粉臉紅臉蛋，瞪著一對大眼睛。兎兒身上穿錦袍，頭頂盔肩貫甲，背上還插著幾支令旗，座騎則係老虎或花豹，腳下有個盛滿元寶的聚寶盆，威風凜凜、神氣十足的兎兒爺元帥也！

兎兒爺的尺寸大小都有，大的三尺多，跟一個小孩兒那麼高，小的只有兩三寸大。雖說祇是泥塑玩偶，故工卻十分精細，顏色又漂亮得令人喜愛，故北京過中秋節，誰家都會買兩三個，上供後給孩子們玩。

爲什麼要供「兎兒爺」？祖傳民俗吧。也許跟中國傳說月亮上有兎子搗藥，與神兎有關呢。中國人一向迷信神話故事，迷信萬物皆有神。中國人又崇拜月亮，月到中秋分外明，秋日雲淡天高，中秋這天月亮最大最圓。

童年的中秋，最期待的是吃過豐盛的晚餐，奶奶和母親領著女孩兒們，在四合院燒香祝禱，供物中除了水果、月餅、月光碼兒、兎兒爺外，還有鷄冠子花和毛豆。女不祭灶男不拜月，給月亮上供全是女孩兒們的專利。

故鄉的秋天好景因中秋節更加美麗，而月光下遊戲玩樂的童年，深植在中國孩子的心裡，永不磨滅。

中秋快樂!!

中秋佳節果子多

中秋節快到了，照例有副刊主編們約稿。約稿的朋友，幾乎都是希望我寫一些憶舊的文章。也有請我以過去及現在過節，有何不同來撰寫，並抒感。如本刊主編說盼小民阿姨寫從前中秋節，跟現在中秋節的分別。

我很高興接受邀稿，也很喜歡寫以前過節的盛況，因爲舊時年節，是我童年回憶裡最溫馨、最難忘的往事。只是自從學寫文章以來，已經作過多篇關於兒時秋節的小文，再寫即使不完全炒冷飯，也會讓讀者覺得了無新意。

正在爲難不知爲今年秋節寫點什麼才好，感謝上帝，我忽然想到《聖經・創世紀》裡，第二章開頭上帝造了宇宙萬物及人類之後，又在東方的「伊甸」立了一個園子給人住，又使「各樣的樹從地裡長出來，可以悅人眼目，其上的果子好作食物」。

「果子」使我想到故鄉的中秋，遍街大小果子攤兒，代表了豐收富足和節日的歡欣。中秋節，另一個名稱實在可叫「果子節」。

「果子」是北方人對「水果」的簡稱，是上帝賜給人類無上的恩物，美味、營養，沒有其他食物堪能與水果相比。而奇妙的是，水果種類之繁多，口味之不同，令人在追思想念當初命令果樹結果者，神乎其技的智慧，非任何偉大的生物家、科學家、農學家，所能辦到的。「果子」無疑是神愛世人的見證。

而秋天豐收的果子，代表人們辛勤耕耘的報償。童年在北京最後的居所是一幢大宅門的跨院，由正門通往跨院的大院通道，夾道生長著兩排梨樹。秋天梨子成熟，不待人工採擷而自落下。由於無人施肥經營，梨子結得小，但小小的梨兒打在頭上仍然吃驚，特別是聽戲歸來的夜晚，總要注意小心，快步跑過梨樹下。此時，北京正是梨科上市的旺季，鮮渴生津的梨，被認爲可以止咳化痰治病的水果。

北京的四鄉果園，及專門種梨的果山，產量頂多的叫「鴨兒梨」，也許它的形狀有點像倒提起來的鴨子吧？鴨梨初上市色淡綠，冬天由地窖取出來到果局子裡賣，就變成淡黃色了。黃色皮的鴨兒梨，較淡綠的聞著更香，吃著也更甜了。北京梨科有好多種，唐梨、鴨梨廣、小白梨、雪花兒梨……最高級的是「鴨兒梨」。到了中秋節前幾天，西山、香山等果農，便將大筐大筐的鴨兒梨朝城裡送。背梨的用一個柳條編的筐子，墊上粗布，上尖下圓、玉潤光滑的鴨兒梨怕車運碰壓，一律用人工，運梨的有個名兒叫：「山揹子」。

「喝了蜜的大柿子喲！」這是賣柿子小販，對柿子的「果讚」。柿子也是中國人認爲具醫療作用的水果。青柿脆嫩甘甜，紅柿蜜甜肉軟，曬乾的柿子，製成柿餅，一年到頭有賣。

石榴如寶石般晶瑩的果粒，果汁甜中帶酸，牙齒好的小孩兒最喜歡。上學途中，路過果局子交給伙計一個銅板，小伙計就掰一塊大石榴的一角給我，邊走邊啃，嘴角淌著甜汁吃著到學校。

石榴花紅艷漂亮，北京住家人喜歡當盆景。所謂：「天棚、魚缸、石榴樹」，北京居家文化特色也。而石榴花美色，亦當做形容女人穿的紅綢子裙——石榴裙。

「大甜葡萄脆棗兒來喲！」這一紫一綠的水果，常常擺在一塊兒賣。北京的葡萄種類也多，紫葡萄、綠葡萄、牛奶葡萄……。皮兒薄子兒少，水多蜜甜。

蘋果科也有好多種，虎拉車、檳子、聞香果、花紅……等等有大有小，有脆有軟。正宗的蘋果皮兒淡淡的一點兒綠和微微的一點兒紅，粉嘟嘟的外號叫：「大仙果兒」。

以上幾種水果，都是中秋夜晚，老媽媽們在院子裡賞月、拜月、圓月時常用的。小時候爲這幾種水果唱過一首兒歌：

大姐出來美又美——蘋果

二姐出來歪個嘴——石榴

三姐出來坐花轎——花紅

四姐出來一肚子水——葡萄

目前生活在有水果王國美譽的臺灣，四季西瓜不斷，文旦、柚子、波蘿、香蕉，種類更是繁多，但還是懷念北京水果小販的吆喝聲：

船大的西瓜，斗大的塊兒啊！

桑椹仁來，櫻桃！

杏兒來，八達哦！

好吃的來，旱甜瓜來！

小白梨兒來，一個蟲子眼兒也沒有哦！

眞是月到中秋分外明，每逢佳節倍思親！其實，全中國都是咱們的家鄉，全中國不問東南西北人，全是咱們的老鄉親。一夜鄉心五處同，但願人常好，四海兩岸共嬋娟！

有腔有調北平吃

有天，好友佩蘭打電話問我什麼叫「驢打滾兒」。因爲有人約她到臺北一家北平小吃店吃驢打滾兒。佩蘭好奇的問：

「驢打滾是什麼東西呀？」

我告訴她是一種糯米夾豆沙餡兒的甜食，跟臺灣的糒糬相似。因爲外層沾了許多黃豆麵，就和驢子在沙土地上打了個滾一樣。北方驢子習慣在沙土上打滾，代替洗澡。

全世界，可能首推北平人最喜歡舊生活中代名兒。不僅吃的，連物品、街道、城門，都有正名以外的代名，但以吃食最多。初到北平的人，如果聽見胡同裡吆喝：「半空兒——多給！」能知道是賣炒花生的嗎？所謂「半空兒」，是形容這種花生有些祇有一粒花生仁，所以「多給」！

午後三四點，正想吃點零食，聽見外邊叫賣：「鍋底兒唷！」您可別以爲這是賣鍋底；

鍋底兒是說他一鍋白薯只剩下最甜、最香糯在鍋底一層啦。是賣煮白薯的！

北方冬天嚴寒，屋子裡都生火爐，又吃太多熱量高的羊肉火鍋，小孩兒容易嘴巴起泡上火，母親就叫佣人到街上油鹽店買幾個「心裡美」。北平油鹽店即住宅區賣菜的地方，心裡美是一種綠皮紅心脆蘿蔔，甜而多汁，可以代替水果，對喉嚨很好。有的小販吆喝：「蘿蔔賽梨，辣來喚！」

「浸透啦！滑透啦！」是賣桂花元宵的。

「開鍋」是指賣餛飩和賣老豆腐的挑子。形容老豆腐煮好了，要吃餛飩湯已經開鍋燒滾了，馬上可以煮！若您喜歡下餛飩時，加個荷包蛋，那麼這叫「臥果兒」。

「壓河落」是蕎麥麵條，用肉湯煮的湯麵，夏天也可涼拌，很好吃。但係路邊攤，以挑夫車夫們光顧最多。這種麵條都是現吃現由木架上壓軋出來，直接落進湯鍋裡，吃在嘴裡滑溜溜，很有嚼勁。

「炰烤涮」當然是指羊肉的幾種吃法啦，北平每逢秋風颯颯，各大小飯店門口掛出炰烤涮招牌，冬天就不遠了。

「野鷄脖子」是一種剛出來的小韭菜，上半段油綠，根部紫紅色似野鷄的脖子。這種小韭菜又鮮又嫩，炒鷄絲或肉絲十分味美。

「雪裡紅」是一種醃油菜，北方下雪天任何綠色菜蔬都沒有了，唯有醃過的油菜保持翠綠，偏將「綠」叫成「紅」——可能與這種菜在下雪天最受歡迎，很紅的意思吧？

「葫蘆來，剛醮得！」這是東安市場賣糖葫蘆老頭吆喝的。若不明白他指的什麼葫蘆，還以爲賣藥的哪！

「又鮮喝、又帶涼、又加玫瑰又加糖——」北平賣吃食的小販吆喝，有腔有調，極懂得推銷藝術。先不說賣的什麼吃食，將味道唱給您聽，讓您饞！能不爲之引誘嗎？

鄉情二題

新居後巷，是一條黃昏市集街。舉凡衣鞋、菜蔬魚肉、水果點心、家常用具，樣樣俱全。剛遷來的時候，每日午後一過四時，耳畔即傳來小販各種叫賣聲，此起彼落。初初音量不大，漸至日暮，我於廚房炒菜，後面市集便人聲鼎沸起來，聽著好似年節市集在大拍賣！

起初我懷疑自己聽覺，有一天，特別跑到後巷看個究竟，才發現果然是一個熱鬧的市集。許多臨時小攤子，或席地而設，或架個簡單的木板，沿著一條小街擺設著減價的水果蔬菜、魚蝦肉類，甚至鮮花盆景、成衣鞋襪，將一道長長的街道變成了生意興隆的市場。

擠在人叢中，看著兩旁裝進塑膠袋，及成堆拋售的果蔬食物，聽小販招攬生意的吆喝，恍如回到故鄉太平盛世，民生豐裕的時代。尤其是我在街尾一家燒烤店，聞見爐裡烤鷄烤鴨、烤叉燒肉的焦香味兒。又看見一家現做「糍糬」出售，花生餡的糍糬外面沾著一層黃黃的花生粉，便憶起故鄉兩種相同的吃食，以及童年往事。忍不住寫出來，讓喜樂配上插圖，介紹給年輕的朋友。

驢打滾兒

跟「糠糬」一類的香甜黏食，大陸北方特產一種黃小米，磨粉蒸糕，與糯米年糕相似。驢打滾的原料便是小米黏糕，滾些黃豆炒香磨碎的粉。

爲什麼叫「驢打滾兒」？據說這黏食在黃豆粉裡滾的時候，很像驢子在沙土地上打滾。驢馬在大陸北方，乾燥地區生長，習慣在沙土地上打滾做爲「沙土浴」，就是洗乾澡的意思！

那賣驢打滾的小販，總是下午三四點鐘出現在胡同口大槐樹下。他擦洗得乾乾淨淨推車的木板上，放著一大條黏糕，爲了怕黏手，先在板子及黏糕上，灑些黃豆粉。然後用擀麵杖擀薄，灑一層黑砂糖，再擀幾下，糖粒就擀入黏糕裡去了。再將黏糕捲成一條捲兒，用手按扁，有人買的時候，再切。製作過程中，隨時手灑黃豆粉，外層沾得最多，活像才在沙土地上打過滾的驢子。

經常是家裡大女孩兒，像表姐、大姐她們，端著盤子帶我們小的來買。看著小販現做現切，剛裝進盤子裡，我像貓叼耗子一般抱起小弟，趁小弟等不及端回家門，先吃一口。我也就勢要吃一口，那一口，卻比端回家吃許多口更好。這就是小孩兒喜歡在街上，邊玩邊吃零食的心理作用！

北平各廟會上，也有賣驢打滾兒的。但童年印象最深的，要算按時推車來胡同賣的小販了。臺灣麻糬變化多，最近更有包多菇豬肉鹹的口味。黑芝蔴、紅豆沙，都不及包花生粉、沾花生粉的麻糬像北平驢打滾兒。

四川也有一種小吃，叫「一炮三響」，類似臺灣的麻糬、北平的驢打滾兒。而且，四川小販處理這種黏手的小吃比較聰明，是將黏糕拉成一個個圓球。拉一個，就摔在一塊光滑的鐵板上，馬上彈進鐵板下白糖粉內，又跳出來，再彈進花生芝蔴粉內，變成一個甜糯香潤的乾元宵──「一炮三響」，多好玩的名稱！每年新春四川成都花會上，「一炮三響」在眾多甜鹹小吃攤子中，最出風頭。

便宜坊

「便宜坊」是北平的老字號，專賣燻鷄、醬肉、香腸、烤鴨、爐肉等熟食。

每逢年節，或家裡請客、添菜，去便宜坊切點熟食，是小孩最歡喜的事。無論是老王媽去買，還是由母親親自去買，跟著去的小孩兒都有好處——在店裡便可吃一個掛爐燒餅夾肉。剛出爐的熱燒餅，外皮香脆裡面軟潤，夾上鹹鮮醬肉，要多好吃，就有多好吃！

車子剛近金魚胡同，來到便宜坊，遠遠的就聞見一股子烤肉的焦香。待走進便宜坊，看見櫃子裡掛著油亮的烤鴨、紅澄澄燻雞。老掌櫃的站在高櫈子上取香腸，小伙計正大片的切爐肉。爐肉是五花三層豬肉，在爐子裡烤熟的花椒鹽醃過的肉，買回來下酒最妙。因爲經過適當的爐火烤出肉裡的肥油，瘦肉仍然細嫩，肉皮起泡呈褐色，切成片十分好看，瞧著就夠饞人！

小時候最愛吃爐肉熬白菜，北平冬天大白菜長得又大又嫩，俗稱開鍋爛。每次吃爐肉熬白菜時，爺爺便捏著我的小手說：「這孩兒，天天吃好東西，多大的造化！」

「便宜坊」正確地址是王府井大街，因前門開在那兒。金魚胡同是邊門，北平俗稱兩條街「把角上」。如今共產政權下，還有便宜坊的爐肉嗎？不勝悵然！

由木匠上書棹說起

童年住在老家四合院，最歡喜去的地方，便是後厦的木匠。回憶裡，充滿了迷人的「書香」！

北平四合院、四合房建築，最適合住家就因爲除正房外，少不了「前廊」、「後厦」。「前廊」當然是房子外面走廊啦，爲的是住的人在院子裡走動，這屋到那屋可遮風雨和太陽。「後厦」其實是屋子後面的走廊，較前廊寬，且在房子內。一般家庭後厦都有一個木匠，用來招待熟朋友喝茶聊天。老時代請客人吸鴉片菸，就是在木匠上。木匠較磚砌的正式匠小一點兒，所以又叫「木榻」。

無論叫什麼，反正我家木匠是一個小型的書房。雖不如正式西廂房裡書房大，但在夏天鋪蓆子、冬天鋪毯子的木匠上，有長條的小書棹。脫了鞋，或坐或盤腿，在小書棹前讀書、畫畫兒，都舒服得很！

後厦採光好，木匠上的小書架有好些線裝書。線裝書當然不允許四五歲小女孩碰，小女兒也沒興趣看那些盡是字的線裝書。但是，她很羨慕姐姐手上那本有彩色圖畫的《白雪公主》，或是《人魚公主》什麼的，反正是任何小孩兒都想看的圖畫書。做姐姐的十分小器，只准妹妹坐在旁邊瞄兩眼，因爲姐姐說書是向同學借來的，怕妹妹弄髒了，所以才不許妹妹隨便拿著看！

小女孩唸小學了，是北平有名的第一附小。同學裡面有帶圖畫書，什麼《弓箭釣大魚》、《弟弟妹妹》等，全是圖片都印得非常美麗的彩色畫兒書。也是不借給小女孩和其他同學看。那同學將書打開，只任人圍觀不准手摸。

因此我認爲，我之變成了「書迷」，必定是小時候自己沒有書，看人家有書而「饞」出來的一個「書迷」。

對日抗戰時，全家遷到四川，先住在一個叫「五通橋」的小鎮上。小鎮依山傍水，沒有幾條熱鬧街道，但由於是洋人協辦的「鹽務局」所在地，故能看見建築洋化的教堂，和設備完善的子弟小學。小學名「模範」，我就在有小學「圖書室」的「模範小學」，唸畢業的。

不用說我一定在課餘時間，常去圖書室看「閒書」了！那間圖書室到底都有那些種類的書？已不復詳細記憶。只記得有一本吸引孩子們看的《孫猴子大鬧天宮》，眞是好玩又好看。書裡頭孫猴子太逗人愛，畫得方面大耳，兩隻猴兒眼別提有多好玩。兒童讀物，插畫很重要！

在五通橋的日子，我接觸課外讀物，除了小學圖書室，教會主日學是另一場所。早年基督教爲孩子編印的兒童讀物、畫片書，既多又漂亮。除了「耶穌愛小孩」，抱著小白羊這一類的圖片，其他如梅花鹿、雪景、鴿子、聖誕紅以及綴著五彩亮球金星的聖誕樹等畫片，在一本本小小的書內，配著短文和小故事，極得小孩兒歡心！加上教會充滿祥和的氣氛、優美動聽的歌聲，使我產生恨不能每天到主日學看書的盼望。

隨父親調職到成都，我已是一名黃衣黑裙的中學生。讀物也由圖畫書升格爲「故事書」。同學間有從上海購到的《簡愛》、《小婦人》等翻譯小說。同時，我在母親雜物箱中，發現兩本《繡像紅樓夢》，偸讀之後，才曉得小時候被四姑指爲：「林黛玉投胎」，愛哭、愛耍小性子的姑娘，眞有其人！

《紅樓夢》在當時對小女生，仍屬「禁書」。我一知半解偸讀。

記得那時候，後方出版物漸多，雖然紙質印刷粗陋，但也聊勝於無。我們以零用錢買了不少閒書，加上兩個弟弟買的什麼《苦兒流浪記》、《苦兒努力記》、《愛的故事》等等，我們還在一間空屋裡，用肥皂箱當書架，擺幾個小板凳，變成一所小圖書館呢！

我們爲每一本書包上書皮，編號列書目，像模像樣的。後來大弟考上空軍幼校，離家去灌縣就學，帶走了一本傅東華翻譯的《飄》，當寶貝似的。我訂婚時，大弟竟將一個月的零用錢，夾在書頁裡，寄回來給我當禮物。我至今仍保存著那本粗紙印刷的《飄》，而大弟早在四十年前，飛行失事殉國了！每思起我收到當年還是小少年的大弟，寄給他姐姐訂婚禮物書，充溢書頁中的是手足深愛，與環境不允許他回來爲姐姐祝福的難過，我的心仍在抽痛！

多少年過去了，我在有書爲伴下渡過大半生歲月。無論貧富，順境逆境，書都不曾背棄過我！因著書，我結交到許多有學問的朋友，因著書，我得到意想不到的幸運。名學者，也是名作家彭歌先生說得對：

「文學是親切的心聲」。

處在人際疏離的工商業社會，我由衷感謝寫書的古今中外學者作家，讓我疲憊的心，憩息在您們文字的青草地！

燈虎兒大娘

「燈虎兒」是大陸北方對「燈謎」的俗稱，元宵節猜燈謎，就叫：「打燈虎兒」。

元宵節可以說是春節的尾聲，北方人認爲除夕是過小年，元宵便是過大年，其隆重慶祝，僅次於大年初一。有時比初一更要熱鬧。因爲過了這一天，回家過年的親人們，又要遠赴外地就業了。負笈異鄉的學生，寒假也將結束，趁難得的全家團圓，再吃吃喝喝同樂一番。另外，各商店買賣家，過了元宵又開始做生意了，所以要在年假結束之前，再製造一次歡樂的高潮。

慶祝元宵的習俗，中國各省大同小異。臺灣最常見的是花燈與吃元宵。元宵南方人叫「湯圓」，有名的：「四喜湯圓」卽一碗有四個不同餡兒的大湯圓，甜鹹兼具。臺灣的元宵也分甜鹹二種，甜的不外芝蔴、豆沙、花生等餡。鹹的一律包鮮肉用高湯煮，放幾片茼蒿菜灑點紅葱頭又鮮又香。北方的元宵可全是甜的，除了煮食外，油炸外酥裡滑，尤其好吃。元宵節吃元宵湯圓，涵意圓滿甜美的祈願、吉祥的祝福。

北平元宵節，除各花洞子（溫室）例行舉行「冰燈」展，有名的大綢緞莊等，亦展出精緻的「紗燈」，以供市民夜間「逛燈」遊賞。文化古都，對燈謎詩詞文化，自然更盛行。小時候，在北平過元宵節，跟姐姐去她同學家打燈虎兒，是童年難忘的樂事。那家人在北平算是大戶，詩書世家，故捨得出錢購置獎品或出獎金，並提供場地給學生們打燈虎兒。「燈虎」的謎題是黑色毛筆字，寫在米黃燈籠紙上，掛在門洞大影壁上。那家人寬房大院燈光通明，亮堂堂的燈光下，一位穿戴漂亮的中年婦人，出來招待我們。據說她是同學遠房親戚，終生未婚，詩詞書畫無所不能。每年燈謎半是她出的，猜中燈謎的孩子們，都由她手上取得獎金獎品。我曾得到過一隻黃銅墨盒子，是猜中了一個「高」字。謎題至今未忘：「一點一橫長、梯子搭上樑、大狗張著嘴、小狗肚裡藏。」

或許因爲小時候就得過一次燈謎獎，而且是由這位大家叫她：「燈虎兒大娘」手上領的獎。她那溫暖柔軟的手，帶著雪花膏香味，給獎時還摸摸我的臉蛋。使我至今不忘，每至元宵就想到她！

童年與哈巴兒狗

我的童年過得很幸運，因爲是住在生活文化優裕的北京城內。雖然家境不算太富有，但小康之家三代同堂，在當時也滿不錯了！

北京人傳統生活，認爲住在冬暖夏涼的四合房中，再能擁有「天棚、魚缸、石榴樹」的大院子，那就十分舒服了。如果再加上：「老媽、肥狗、胖丫頭」，就是好上加好！

因爲有老媽伺候，有丫頭打雜，這家人一定收入不壞。而且連狗都養得那麼肥，小丫頭也養得胖乎乎的，這家人日子還能過得不夠好嗎？

我的童年家裡院子夏天搭「天棚」，大石「魚缸」養著金鯉魚，兩棵枝繁葉茂的矮石榴樹，每至春夏，花兒像發瘋一樣開得鮮紅似火。是應了「天棚、魚缸、石榴樹」。

說「老媽」不止一位，精烹調的祇管煮飯掌廚，瑣事一概由母親大人陪嫁過來的老家人「老王媽」管理。這位老媽對我們小孩有無上權威，甚至較爺爺奶奶管我們還嚴。我們對她是愛畏交加，因爲祇要她多皺臉上有笑容，我們就可以放心大膽的出去「野跑」，包括和老王媽鄉下來的外孫女「妞兒」，結伴兒出去「瘋」！

妞兒才來的時候，母親形容她是長得「黑乾焦瘦」，過不多久就變成兩腮圓鼓的一個白「胖丫頭」了。至於我們家的狗，看門那條老黃狗，專吃弟弟的大便。長得可肥呢！每天弟弟的奶媽坐在臺階上把弟弟大便，她先在嘴中喳喳喳的唸叨：

「快拉屎喲，老黃狗等著哪！」

弟弟還沒拉出來，老黃狗已經搖著尾巴跑過來了。弟弟也眞聽話，看見狗狗他大便自然就出來，有時不等落地，老黃狗就伸舌頭接走了。末了還舔舔弟弟小屁股，弟弟必咯咯笑。

狗吃屎是牠與生俱來的習性，老王媽說狗聞人的屎才香呢，也許是吧！北京賣小孩零食的，大概是利用小孩瞧著狗吃屎香，發明了一種叫：「狗屎橛」杏乾糖，很受歡迎。

說起「肥狗」，我要介紹的是叫小花兒的「哈巴狗」。北京人對這種狗簡稱：「哈巴兒」，表示喜歡的口吻。這種狗還有一個名字就叫：「北京狗」。

北京狗並非原產於北京，據說是清末民初由埃及傳進中國的。由於此狗嬌小溫馴，很適合皇族們當寵物。最早祇養在宮內，可能繁殖多了，被人送到市集出售，平民百姓才有機會收養。

根據狗譜上說，「哈巴狗」跟「獅子狗」、「路斯狗」，出於一系。全是祇有一尺多長，七八寸高，長不大的小種狗。毛長而鬆，蓋得一頭一臉的叫「獅子狗」，渾身小短毛，扁臉大眼是「路斯狗」，瞪著金魚眼，鼓著大腦門兒，長短適中毛兒貼身的才是「哈巴兒狗」。

哈巴狗經常伸著小舌尖，垂著兩隻大耳朵，小黑鼻頭就是人們拿來形容鼻短而小的「巴狗」鼻子。走起路來前後四條小短腿，朝內彎成羅圈兒式的內八字，屁股後頭搖晃著一條小尾巴，非常可愛討喜！

哈巴小花兒活潑聰明，善解人意。小花兒不挑食，平常餵些肉湯泡饅頭、牛奶稀粥，若買了豬肝切碎了拌在飯裡，小花兒吃得好香！比較痲煩的是需要常常給小花兒洗澡，洗淨擦乾還得抹上去蝨粉，還得用木梳替牠梳毛，養條小哈巴兒可有得忙呢！忙是忙，忙中也得到不少樂趣，小哈巴兒在我童年是一個活的玩具，那時大我四歲的姐姐天天上學校，弟弟又小，妞兒要幫老王媽幹活兒，長日漫漫唯有小狗狗相隨相伴，形影不離。

偶爾妞兒得空來跟我們一道玩，兩人玩擡轎子，小花兒坐在上面，樂得牠兩隻大耳朵不停的搧動。我跟妞兒踢毽子時，小花兒就在我們兩人腳邊跑跳不已。

下雪天，我要和鄰居小友到室外玩雪，堆雪人了，怕小花兒凍著生病，不帶牠出去，那牠才可憐呢，大叫大跳，最後爬到桌子上，隔著窗玻璃淚眼汪汪的朝我們瞧，我們都很不忍心而難過，但是仍不能叫牠出來！

最感人的是，母親帶我上街回來，小花兒一聽門鈴響，先在屋裡汪汪大叫，以示歡喜！等我邁進門來，牠更像小孩兒一般，高興得將兩隻前腿舉得高高的，撲向我身上要我抱抱的樣兒！哈巴兒狗，實在是很重感情的狗。

可惜因爲對日抗戰，父親帶母親和三個孩子叩別爺爺奶奶，離開北京，遠道至大後方四川。哈巴小花兒留在老家，爺爺寫信給父親時，還提到小花兒天天守在門口等我回來。我聽了心中自然又難過了許久，無奈離亂年代，必須割捨的豈止是人狗之愛，好些骨肉親情，不也在戰火中失去了嗎?!

欣逢甲戌狗年，書此爲念。

菊蟹圖

加拿大阿爾伯他省的愛德蒙頓市，有一座玻璃金字塔花園。園裡面隨著季節，展出各類花卉。

三年前秋天，我們去看保眞，玻璃花園的菊花正蓬勃如似花海。嗨！我一輩子沒見過那麼多品種的菊花，洋菊別提了，僅中國菊就有十來種，而開得最茂盛的首推白裡泛淺淺淡綠的「香白梨」。「香白梨」是故鄉北京最名貴的菊花，使我憶起兒時，每年秋天中山公園菊花展的盛況！

對日抗戰前，我童年在北京，菊展是每年秋天愛花人的大事。北京愛花人多，甚至小孩兒都跟著大人將去中山公園賞菊，當成了秋天的娛樂。每年此時，長安道上賞菊人士絡繹不絕！

菊展其實是一場養菊比賽，各家精心培植的菊花擺在一起，等待地方上負有盛名的專家打分。母親告訴我，住在北京宣武門一位姓隆的皇族後代，他參展的菊花歷屆第一名。這位全北京都曉得的「菊花隆」，因他懂得人工插枝接植方法，培植出來的菊花朵兒大、姿態美，故能奪魁。

北京的菊花花期約在深秋九月，故又名「九花」。品種最佳者即「香白梨」，顏色以淡綠色最爲名貴，偶而養出深綠叫：「墨菊」，那就更屬奇種了！

其次是「黃菊」，鮮亮奪目，芬芳撲鼻。至於「紅菊」，則分「鷄血紅」、「硃砂紅」、「西洋紅」等多種顏色。花瓣兒，有細若疏線名「疏經兒」、捲如手指名「撓頭九」。無論其色彩或濃艷、或淡雅，總是清香瀰漫聞之提神醒腦，塵慮頓消。

菊展現場，有高達一人多，花朵兒大如碗口的，有枝幹低者僅齊人腿的。其葉大花肥，一棵僅一朵花固然玉立，兩三朵翩翩欲舞者，更見嬌媚，甚至隨意生長遍地的小雛菊，朵朵兒小花亦極討喜。菊花無疑是滿載造物者「神愛世人」的見證。古今中外，多少如陶淵明清心的詩人，將菊花當作了人生的旅伴。

「秋高蟹肥」，想到菊花裡有稱名「蟹爪菊」的，便自然聯想到美味的大螃蟹。菊花悅人眼目，螃蟹悅人口腹，同樣是在秋風起時，人們便記起了它！

八月團臍九月炎，北京住家人特愛吃海鮮的，都有一套木製吃蟹工具。秋天上館吃「炒全蟹」，大人配花雕酒，小孩兒喜歡吃蟹粉包子、蟹黃炒鷄子兒，但家裡大蒸籠的螃蟹每人一隻，最實惠。吃時將螃蟹放在木蝶兒上，先掰下兩隻大螯和小腿，用小木棰子敲裂外殼，取出嫩肉沾上薑汁醋，鮮美極了！再揭開蟹蓋一瞧，嗬，滿黃兒肥腴，這就叫老舅舅形容我：「少二妞吃一口，香她一個大跟斗」。

蟹的外觀很有趣，小時候遇見蠻橫不講理的人，母親罵他是螃蟹變的，而英文橫寫亦叫做蟹行文字；寄生蟹頂著小房子走路眞好玩！

臺灣是海島，螃蟹種類比大陸多。海蟹頂貴的叫「紅蟳」，其次叫「三隻眼」，和許多記不清名目各型大小蟹們，雖無緣一一嚐遍，我確信它們的味道都必佳美。人類有這麼多螃蟹可食，豈不也該感謝造物主嗎？

過了臘八就是年

幼年寫作文會用的詞句少，每逢形容時間過得快，必定：「光陰似箭歲月如梭」。那時候尚未發明太空梭，如今太空梭早已穿梭在太空，用來形容過去的一年，再適當不過了！

感覺上小龍年才到不久，轉瞬間便飛翔而去，想抓住小龍尾巴趕緊辦點正事，免得空歎白白浪費一年寶貴的光陰，卻發現再過幾天，便是臘八了！想起老家寒冬，喝過臘八粥就開始忙年。童年流行一首兒歌：

小子小子你別饞，過了臘八就是年。
臘八粥喝幾天，漓漓拉拉二十三。
二十三糖瓜粘、二十四掃房日。
二十五炸豆腐、二十六燉羊肉。

二十七殺公鷄、二十八把麵醱。
二十九蒸饅頭、三十晚上熬一宿。
大年初一先拜年，您新禧、大家禧！

這首兒歌不僅反映北平的年景，也代表整個大陸北方，黃河流域忙年的民情。北平的年景，其實不到臘八便感覺到了。為年忙，先是勞心，家中主婦為了年，老早就盤算花多少錢？小時候常聽母親向父親抱怨，說爸爸不該花掉母親為孩子存下過年添新衣的錢！父親沒理便說：「有錢天天穿新衣、天天過年。沒錢？多久也不過年！」

父親歡喜擺濶，和他朋友在一起吃喝玩樂，出手大方。花光了身上所有，回家就向母親要錢，他不顧念家用開支，更甭提過年需要錢！母親總覺得再怎麼節儉，過年的時候，一定得教孩子上下一身新的。這是遷出爺爺奶奶同在的大家宅，自組小家庭發生的情形。也顯示當時僅以薪水度日，無家產者經濟情況。所以對過年的心境，自古是窮愁富歡喜。

和爺爺奶奶同住過年，可又豐富又熱鬧。奶奶不大管事，大伯母當家。大伯母最精明能幹，不到臘月便請裁縫把一家大小過年的新衣做好。該添購的列出清單，那些用品需要換新，那些家具得修理，該刷粉油漆的，雇工還是自家佣人動手等等，都必須及早計畫準備。

年貨一天辦不全，要分好幾次買，大伯母掛在嘴上一句話：「慢雀先飛」，就是她處世哲學。

最喜歡母親受命赴乾果子鋪，買年貨了。大伯母平時寒著臉，忙不過來時才滿面笑容的叫著媽媽的名字：「惠生哪！明兒你給咱們走一趟東安市場吧？」

走一趟東安市場，不僅去乾果子店買過年吃的火腿、甘貝、海參等貴物。主要的是挑選過年糖果盒裡的：「雜拌兒」——就是好多種糖果摻拌在一塊兒，紅紅綠綠既好看又好吃的小零嘴。跟著去的小孩子，有先嚐爲快的好處。另外，隨母親逛畫棚子，也是忙年時一樂。不管是：「鯉魚躍龍門」大胖小子，光著屁股只圍個紅花兜肚，騎在大鯉魚背上。或是楊柳青大美人年畫，瞧著都一樣土得可愛，一樣洋溢著過年的喜氣。

大伯母扭著一雙小腳，只靠腳後跟走路，忙得轉來轉去的時候，街上賣對子攤子，賣各種年貨的挑筐和推車，也越發熱鬧了。響亮的年貨叫賣吆喝聲，傳進每一條胡同的深宅大院裡。天寒地凍正是：「臘七臘八凍死寒鴉」的時候，人們卻爲忙年忘了寒冷，家家的廚房傳出熬臘八粥熱騰騰的香氣。一碗甜糯紅豔的粘粥吃進肚裡，立時週身發熱暖和起來。

燒鷄燉肉醬鴨子、炸丸子煎魚、蒸包子、羊肉豬肉素餃包子全蒸出來，存入沒生火的空屋子。大陸北方冬天屋子不生火，等於天然大冰箱，食物煮好放在那兒個把月，決不致變味。餃子也包好，一層層放進大缸裡，就是現在的冷凍餃子。過年來了親友，現成魚肉、包子餃子加熱省事省時，主人就可以陪著親友聊天玩牌。規定做年菜多半在二十三號祭灶之後開始，直到年三十方罷休。所以自二十三號用糖瓜祭過灶，將廚房「灶王爺、灶王奶奶」貼了一年的紅紙，撕下燒掉送他：「上天言好事」，灶糖給小孩兒分食掉，先清掃過廚房四壁廚櫃，才著手煮年菜點心。而此時忙年亦進入高潮，正如另一首兒歌：糖瓜祭灶，新年來到！

老頭兒要新毡帽，老婆子要新裹腳。
大姑娘要新頭繩子，小淘氣兒要花炮！

說明了當家主婦，到了春節得對付一家老小，人人需要之物，使全家滿足才行。同時，大陸也流行趁年節趕辦喜事，嫁閨女娶媳婦，喜上加喜嘛！又有一首兒歌：

臘月八日子好，誰知姑娘變大嫂。
眼裡哭、心裡笑，身子坐上大花轎。

這跟本省流行年底辦喜事，有錢沒錢娶個老婆過年，不謀而合。

小孩兒最喜歡過年，爲的是新年大人圖吉利不責打小孩。說錯話，大人便講：「童言無忌大吉大利！」打破碗盤，奶奶趕緊說：「碎碎平安！」同時大人忙了一年，春節假日都帶小孩四處逛逛。廟會公園，看戲聽相聲，或走親戚回娘家，小孩跟著有好吃好玩的。最喜歡到我鄉下姥姥家拜年，就比在北平城內好玩的東西多啦。首先表哥的大風箏便是一絕，我們城裡娃娃祇能在胡同口放那些小燕兒型黑鍋底小風箏。表哥的大老鷹風箏放到天上帶響的，放了一半，還能給風箏送煮餃子，就是將一串餃子型小風箏串在大風箏線上，趁著風勢颼的一聲就上去了，才絕咧！想起童年年景，就想起故鄉藍天下五顏六色、繽紛奪目的滿天風箏。因爲大陸北方春節前後風向最穩，學生們又放了寒假，正是放風箏的好時光！故鄉年景何日再見？

水蜜桃、大杏兒的晚餐

今年七月，趁保眞和我的小妹兩名教書匠放暑假，我們闔家七口人回了一趟北京。保眞和幸澄，及我兩個妹妹都是頭一次到北京，從踏上故鄉土地開始，這四個人就處在無時不興奮狀態中。

十天之內，看了許多早已聞名的古蹟，吃了好些從未吃過的美味佳餚，包括不在我們旅程表內，去北京釣魚臺賓館接受招待的晚宴。記得的菜名有：烏魚蛋湯、鮑魚四寶、燴鮮蘆筍、西柿釀海鮮、炸蝦排、紙包魚、扒雙菜等六冷八熱，兩點心。

北京釣魚臺賓館，乃中共接待國賓之所在，聞名已久，今得親臨，其菜式與氣派均不能在北京其他場合見識到。

另外在西單大街，有一烤鴨店，風味特殊的倒不是烤鴨，而是松鼠魚和炒蝦仁。魚當然是活魚，肉細刺少，炸得裡嫩外焦，魚肉一塊塊都裂開了，入口酥香甜酸，大夥兒一搶而光。蝦仁炒得火候恰好，不大不小，腸泥除盡，白裡透紅的蝦仁襯著油綠豆苗墊底，未嚐其味先覺秀色可餐。其味道鮮脆腴美，絕非一般飯店內油膩的炒蝦仁可比。

然而，所有的美食，均抵不過一次以水蜜桃、大杏兒為主的純水果晚餐，吃得每人齒頰留芳。

起因是那天遠征長城回來，中飯稍遲才吃，又吃得太多吃得過飽，大家協議晚上只吃水果不吃飯了。

在北京吃水果，是隨著季節吃上市的果子。前兩次回北京正逢大鴨梨兒上市，飽啖之餘還偷帶了幾枚給臺灣的親友解饞。這次早在來北京之前，我們這群遊子已垂涎故鄉的水蜜桃了，都說一定要吃個夠！

接待我們的老姐夫，難道聽見我們想吃水蜜桃嗎？剛到旅舍，外甥女和她丈夫便奉父命送來兩袋水蜜桃和大杏兒，外帶一個哈密瓜。堆在房間行李架上，像小山一般高，整個屋子充滿了水蜜桃的果香。第二天，大姐的兩個兒子和姐夫自己，及孫子輩大群人馬，各人捧著一個紅心翠皮兒的西瓜，總有十好幾個，讓我們慢慢享用。原來北京七月，正值西瓜旺季，各大小胡同口、馬路邊，皆可見堆積成山的西瓜攤。

「西瓜好大塊兒喲！」

看見北京的西瓜，如見童年故友。接下去在北京的每一天，在外面玩得累渴交加回到旅舍，便切開一兩個大西瓜分食。吃得痛快淋漓，就想起小時候賣西瓜小販吆喝聲。雖說臺灣西瓜也頂好挺有名，品種就是不同不一樣。

然而，西瓜好水蜜桃兒更好！皮薄個兒大汁甜味醇，北京的水蜜桃好吃得無法形容。常常是每人先發一張厚紙，墊在小碟子下面，爲防水蜜桃破皮時咬一口，甜汁順著嘴角流出來，弄髒了衣裳。

小時候，母親常說：「桃飽杏傷人，李子樹下埋死人！」

意思是指桃子性溫和，多食不致傷胃，可以吃到飽。杏青的時候酸甜脆嫩很有滋味兒，但多吃會流鼻血且會導致胃疼，小孩兒牙好不怕酸，最愛吃青杏，跟吃臺灣青芒果一樣兒著迷。

杏兒熟了呈紅黃色，中國帝王之家的顏色也。果肉芬芳可口，剝開果核，白色果仁乃中藥化痰潤肺，美容恩物。

李子爲什麼認爲不好？可能由於消化不易。至於是否吃多了眞會送命，可也不致那麼嚴重。我覺得李子也滿好吃的，我喜歡上帝爲人類預備的每種水果，各有不同的味道。我們在北京除了大吃西瓜、水蜜桃、大杏兒之外，還吃了不少李子和石榴。石榴因爲在頤和園門外水果小販籃子裡，看著漂亮，其實沒熟透，不怎麼甜。

由北京回來已經一個多月了，水蜜桃的味兒還是那麼親切，而水果的晚餐眞格挺不錯哪，比吃什麼大魚大肉更好，不信，您試試看！

雪天春節暖烘烘

一九九〇年尾，終於回了一趟暌別四十餘年的故鄉北平：

少小離鄉老大同，
故鄉面目已全非！

記憶中，最代表故鄉風貌的：「城門」與「胡同」，拆的拆，改的改，往昔巷道，不是變了樣改了名，便是擴充馬路整個消失了。我幼年住處兩條胡同：「如子府」，及「舊邢部街」，已無處可尋。下榻在王府井大街高級飯店，原爲回味童年往事，然而觸目所見，都是陌生冷漠的街景，若問有一點稍稍熟悉親切的嗎？恐怕祇有卡車上，及街道邊堆積如山的大白菜了。

大白菜是大陸北方冬天主要菜蔬，無論窮富，到了冬天快過年的時候，都要買幾十斤堆在院子裡，蓋上一層稻草，以備過年時吃火鍋、煮大鍋菜、包餃子、甚至切成絲炒肉。因爲北平大白菜鮮嫩，俗稱：「開鍋爛」，怎麼煮都好吃得很。

走在人擠人、喧嘩熱鬧的北平東安市場，便恍然感覺往日北平過年的情景。過年，要在老家才有意思。中國是以農立國，「春節」恰好在農事完了的冬天。忙了一年三百三十天，剩下三十五天休閒休閒，也是應該的。

北平是多位皇帝立都之處，年節慶祝自是隆重。黃河流域一帶土地肥沃，春節前各類農產品豐收，「忙年」先由儲存年食開始。幾乎剛進冬月（十一月），「年」就不停在大人口中出現了。要買點什麼好東西：「過年再買」，要吃什麼特別食品：「過年再吃」，要到那兒去玩，或是走親戚家，當然更是：「過年再去」了。這樣年呀年的，到了冬月底臘月初。忙年不再口說，而要付諸行動了。

當家主事的先要盤算過年可以花多少錢？這是辦年貨之前，每一家都得先有個譜。大戶人家人多的，由衣食娛樂算起，衣服一家老小全身新，眞的是「全身」，連腳上的鞋也得穿新的走「新路」，頭上的帽子，戴新的行「新運」。老太爺老奶奶的皮袍子換面子、絲棉襖縫新的，大姑娘小小子的棉襖棉褲，買布秤棉花，請裁縫師傅到家裡來，一縫就得半月廿天。

入了臘月，時間過得特別快。臘八粥一喝，臘八蒜一泡（將去皮蒜瓣泡進醋裡，臘月八日這天泡，過年吃餃子正好泡成綠色。既好看又好吃，故名臘八蒜。）就要開始辦年貨了，因爲買的東西多，買回來還得處理。豬肉該醃的醃，灌香腸的灌香腸，鷄、鴨、魚，分別先殺好風乾，爲的是正月一個月吃用不費神。糖果點心中最重要的是「蜜供」，爲上供拜祖先用的，一種油炸麵條似撒其馬般甜食，北方過年專爲供神應景食品。其實還不是：「上供人吃」，擺幾天撤下來，大人小孩分而食之。

房子家具這時候也該整理了，該修的修，該刷的刷，該換新的換新。反正過年講究的就是一個：「新」字，就連院牆也粉刷一遍才好！

春節的：「春」字，不是代表：「萬象更新」嗎?萬象更新，也就成了過年一般人家大門春聯上的「橫條」。

「春聯」是北平過年窮富都必貼的，連大糞車都貼。車前木槓，過年時就要貼一副小春聯：

一輪通日月
雙履定乾坤

廚房灶王爺前貼的是：

上天言好事

下界保平安

配上供奉的灶糖，甜甜灶王爺的嘴，免得他將這家人的壞事，報告給天神上帝知道！母親跟小孩兒說因由，其實灶糖最後還是甜了我們的小嘴巴。大門上的春聯，多半是些吉祥話、勵志詞兒：

又是一年芳草綠

依然十里杏花紅

或是：

修身如執玉

春聯不僅點綴年景，對社會善良風氣，也有影響作用。是故年節近了，北平街頭賣春聯的攤子紛紛出現，正名爲：「書春」攤。

另外，賣年畫的棚子也擺出來了。小販們更肩挎草簾布包年畫、及窗戶花兒，串胡同沿街叫賣，一聲聲：「年畫兒來么」，告訴人年關已近。年畫也是離不開祝福期許。新婚夫婦臥房，牆上貼個胖小子抱條大魚，「吉慶有餘」，老太太房裡貼張「闔家歡」或「肥豬拱門」，既裝飾又討喜。

年節吃食一週前就開始烹煮了，蒸包子、炸丸子、煎魚、燉肉，一樣樣做好了，都放進沒生火的空屋。北方天寒不生火的房子，是天然大冰箱，食物存在缸裡個把月不壞。餃子更要多包一點，素的、豬羊牛肉，各種餡都包一些，凍起來，過年來了客人馬上化冰煮食。

除夕團年飯越豐富越好，三十晚熬夜守歲，大年初一摸黑起五更，放炮吃餃子，一個餃子一個元寶。誰吃得多，誰的財運好！北方過年總是下雪，據說雪落得越大越好：「瑞雪兆豐年」。而下雪天，氣候反而不冷，所以北平的春節，總是暖烘烘、鬧烘烘，鞭炮、焰火、笑語溫存中渡過。

四川過年如何呢？

四川過年有點不一樣，當您在新春佳節，看見滿街新藍布大掛男士，頭下纏那麼一塊新白布，您一定莫名其妙。弄不清爲啥大年下，打扮成戴孝一樣？其實那是人家風俗，像中國人結婚喜事，以紅爲主。外國新娘可是白衣白紗全身白呢。在四川首先是透露「年」味兒的是聲音，一種竹子樂器吹奏出來的聲音，響亮高亢長久的音調。然後是大戶人家殺年豬。離過年還差一個月，就將整條豬，除去灌香腸用的，分割成大長條醃起來，三兩天翻一個面，約半個月後，拿出來架在鐵架上燻。燻好的肉再掛起來曬，曬得瘦肉紅亮，肥肉透明，鮮香撲鼻，「臘肉」就大功完成。

接著做米花糖、葉兒粑，一下子做幾大缸。爲的是除自吃、待客以外，還得送給佃戶。佃戶年前送租金時，總要送點鄉下土產野味什麼的。開春宴佃客也是一件大事，佃戶總是扶老攜幼闔家光臨，說拜年其實來拿紅包。總是飽食一餐所謂的：「油大」，又帶走許多糖果點心，甚至布匹日用品回去。小孩兒個個領紅包。

四川過年講究多，正月不可打破東西。正月打破東西破財又破運。也不可說不吉祥的話，尤其不可說：「死」字。「童言無忌大吉大利」的紅紙到處可見！怕小孩過年說錯了話觸霉頭。

欠債的過年不怕討債了，因爲過了三十大年夜，誰都不許去討債還錢。那是對雙方皆不吉利的！至少過了正月十五，吃過元宵才可討債。

四川初一早上吃湯圓，與北平吃餃同義，都象徵元寶、圓滿。年糕當然預祝「年年高昇」啦。至於除夕爲什麼要：「偷青」，就不大明白。聽說有點：「萬年長青」的涵義，但爲何去偷人家菜田的呢？爲何不買呢？別的日子偷菜園的菜，一定遭罵挨打，除夕任誰的菜園都放心去採，沒人敢罵。可能罵人要倒楣吧。

北平過年趕「廟會」，四川成都過年有「花會」，兩者大同小異。花會無花，廟會不上香。都是集在一起的小販、飲食攤，賣玩具日用品熱鬧的地方。過年嘛離不開吃吃玩玩！

請「春酒」也是南北相同，藉此聯歡，朋友們彼此都忙，難得見面，春節大家有空，往還酬酢，不亦樂乎。

中國人過年，與外國人（西洋人）過聖誕節一般，都是以「團圓」家人、享受天倫、溫馨和樂爲主。所以：「每逢佳節倍思親」，也是古今中外，四海一家的人情天性啦！

不同的女性

上月初回大陸探親，見到睽別四十多年的老姊夫，及姊姊四個孩子中的三個。姊姊已於文革前一年，因車禍去世了，她原是我家留在大陸唯一最親近的人。

連來帶去，總共在北京住了七宿。每天由姊姊兩兒一女乘專車陪同四處遊覽，我覺得故鄉固然改變了很多，但變得最大、最多的還是人性。

拿大陸的婦女對人的態度來說，除了觀光旅舍、高級餐廳以外，一般商店飯館的女服務員，對待顧客都不太熱忱，有些更很不客氣。比如我去旅舍附近的東安市場，想買一雙便鞋。明明貨架上擺著多雙大小不同尺寸的黑色布鞋，女店員卻瞧也不瞧，告訴我：

「那些鞋太小，你不能穿！」

我陪笑臉請她取一雙給我試穿，她居然瞪我一眼，轉身和同事聊天，不再睬我。以前我小的時候，跟母親來東安市場買鞋，老板都親自招待奉茶看座，試穿多雙不滿意，老板和女店員必同聲道歉說對不起：「小店貨色不全，您多包涵啦！」又客客氣氣滿臉含笑的送到大門口。唉！共產黨最大的德政，就是將大陸同胞的心性改變了，故都的和氣鄉風，自然無處可尋！

大陸女性中年以上的，歷經文革苦難，多半堅強能幹。她們持家工作樣樣在行，由於經過缺糧少食的苦日子，現在有飯吃就很滿足了。像北京這樣大都市，較年輕的女性穿著也很時髦摩登，風衣夾克與歐美式樣相同。而且顏色鮮豔，脫離陰暗的黑灰藍。北京也流行紫色呢！

房荒嚴重，一般人民居住環境完全不能講衞生。雖然市區也興建不少大樓公寓，僧多粥少還差得太遠。有些小胡同依然在，破舊的小胡同裡，斷牆殘瓦年久失修的四合院，似乎向我們訴說傷心往事。早年「街坊會」的老媽媽們，所謂的：「小腳偵緝隊」，漸漸消失。代之的是六十歲以下，輪流擔任：「清潔監察員」的婦女，外號稱做：「大腳KGB」。鄰居有什麼動靜，她們都記下來打小報告，可怕！但也有受過職業訓練，如王府飯店兩位溫柔可愛的女孩子，好似來自兩個世界不同的女性。

一袋小梨

經過長達四十餘年暌別，我和丈夫喜樂，帶著祇在地圖上見過故鄉的多兒，重臨大陸北京。住進最現代化的旅舍：「王府飯店」。

王府飯店座落在北京新舊交替的社區，東單北大街的金魚胡同，一邊是寬大的道路高樓華廈，一邊則是狹小的巷街破舊房屋。

當天傍晚，迎接我們的親戚離去了。我們三人由飯店出來，到左手不遠的東安市場逛逛。東安市場依然是早年老式的建築，家鄉歷經文革後貧窮，由民生物資極缺漸漸寬裕，東安市場吃食、用品百貨攤位，擁擠著購物的人潮。

水果攤上堆滿多年不見的大鴨兒梨、喝了蜜的大紅柿子，賣醉棗兒的、糖炒栗子的、油酥散子蜜餞的，多得目不暇給。由於姐夫已預先送到旅舍大批水果，給我們解饞，我不敢再買怕吃不完爛掉可惜，返回飯店途中，見小巷口停著推車小販，車上一堆好小好小的小梨兒，他卻吆喝道：「蜜甜的鴨兒梨喲！便宜賣！」

「這是個體戶呢，咱們過去看看。」

喜樂說著走到小販面前。小販約莫四五十歲中年漢子，衣裳髒舊。聽他一口鄉音，親切之情油然而生。但他的小梨兒在暮色中，也辨得出既不新鮮且有蟲吃過的痕跡。我想起飯店客房桌子上，姐夫買來梨香四溢碩大的梨兒，心中執意不買這小販的破梨。但平時最會挑剔的喜樂，卻連連叫好說：「小梨兒瞧著挺不錯的，咱們就給他包了園吧！」

「包了園兒」是全買下來的意思。我正要提出抗議，他不由我發話，也不問價錢，便掏出剛在旅舍兌換的拾元外匯券，交給小販。多兒拿出自備的塑膠袋裝了，（大陸塑膠袋很寶貴，我們聽有經驗到大陸的文友告之，故隨身攜帶若干大小塑膠袋。）瞧那小販臉上喜不自勝的表情，我突然明白喜樂裝傻瓜顧客的心意。喜樂自少年離開北京到外地讀書、出國留學，又去四川來臺灣，這是他在外五十五年初次返鄉，讓有緣遇見我們的個體戶老鄉樂一下吧，雖然我們不認識他，多花點錢，又有什麼關係？那袋小梨兒，提回旅舍沒兩天，便入了垃圾桶。

分娩之苦苦難當

如何才能形容女人生孩子時的巨痛呢？那滋味，我只要一想起，便不由得不寒而慄。

我生大兒子時才十八歲，正是少女情懷不知憂的年齡。結婚已經身不由己，總以爲懷孕生子是多少年以後才會發生的。生理衞生教育，我只在教科書上讀過一點點，老師亦未詳加注解；至於什麼叫避孕，連聽都沒聽過。

當同齡的女伴都在校園，享受她們的黃金年華時，我卻由一名小妻子，變成年輕的準媽媽。

實在沒臉見人，挺著個大肚子，如何面對舊日同學？我連鄰居都羞與交談。每天將自己關在家中，看書看報外，就是過著無聊至極的待產日子。

那是我婚後半年，由南京回到在四川成都的娘家，看望母親、姊姊和弟妹們，卻發現已懷胎兩月。

我沒再去南京，因爲作丈夫的人和我一樣無措，不知如何負起即將當父親的責任，只是欣喜若狂地坐待新生兒降生。至於如何關心、協助年輕的孕婦，諸如產前運動、心理建設等等，他一概不懂。甚至，他亦不勸我到大醫院檢查，將一切麻煩推給我娘家，因爲我親姊姊學的就是婦產科。但大我四歲的姊姊，當時正在約會頻繁，與未來的姊夫戀愛著；熱戀中的情侶，沒太多空閒回家，只在每月一兩次假日，匆匆返家替我檢查一下胎位而已。

母親對我自是多方呵護、疼惜。奈何母親生兒育女的經驗是舊式的，只會盡量供給我高熱量營養，加上我又沒害喜，胃口頗佳；也因窩在家中沒事幹，每天只好藉吃消磨時間，也藉吃解愁解悶。

問我有何愁悶？原以爲「結婚」後可不受專制的老爸管束了，愛玩、愛唱、愛演戲，皆可隨心所欲。豈知陷進了另一個永不自拔的大不自由。每天在鏡中看到越來越隆起的腹部，怎麼縮也縮不回去，穿什麼衣服都遮不住，實在不敢出去見人。

而吃飽了脹，不吃餓得快，睡覺又不能仰臥，種種不適，將我情緒帶至谷底。只有變著方法弄些稀罕食物吃，打發光陰。

預產期是秋天，四川的秋天不冷不熱，進了十一月則須穿薄棉衣了。那時沒有漂亮的孕婦裝，母親請裁縫給我縫了件綢裡綢面的薄絲棉袍，寬寬大大的，腋下直到長袍下擺，都釘著蝴蝶型盤扣，滾黑色雙邊。衣料則是淺藕色，也就是淡紫色。我穿著感覺柔軟貼身，人也顯得好看多了。新衣稍減我大肚子的懊惱，歡歡喜喜跟大姊去電影院，看了一場「出水芙蓉」，是我懷胎十月唯一的一次消遣。

我心正在暗自高興，以爲孩子生下來，便可恢復以前的我了，豈料一場大災難正等著呢。

我的大兒子於十一月十五日夜間十二點正出生。我在十四日清早，便感覺腹部隱隱作痛，下部有水流出。雖然預產期就在這兩天，但姊姊認爲初產婦大半會延後。早日我和姊姊說到感覺腹部下墜，她也答是正常現象。

十四日早上，母親派大弟去醫院叫大姊，大姊回家接我到醫院，然後開始陣痛。醫院爲我驗血及小便，才知道血壓既高，尿中蛋白質又多到四個×。

大姊服務於成都婦嬰保健院，早已講好院長要親自爲我接生。嬌小溫柔的女院長，經驗豐富，待人和藹。這次卻板著臉將大姊訓了一頓，怪她不按時帶妹妹作產前檢查。

我不大清楚血壓高，尿裡蛋白太多，對自己有啥危險。當時我已被一波一波的陣痛，痛得手腳發抖。

大姊同事都來了，有的拉上病房的窗簾，勸我要在陣痛間歇時閉目休息。有的安慰我，很快就會沒事了。卻沒人能告訴我，還要痛多久，孩子才會生下來？她們都是大姊的好夥伴，平時跟著大姊叫我「妹兒」，這是四川人對妹妹的暱稱。

她們圍在四周，見我滿臉眼淚狀甚可憐，又一陣陣痛得呲牙咧嘴，都萬分同情，但愛莫能助。

由早上開始，我既不吃不喝地痛。先痛得繞屋而行，又痛得坐立難挨。躺在床上以為會好一點，竟然痛楚更深。坐也不行，睡也不是。想大便又想小便，卻兩者都沒有。

母親在一旁說盡好話，勸我吃點喝點，我連說「不」的力氣都沒有了。

再三檢查子宮口，僅開了一點點，已經下午三點半了。院長一直守在我房裡，姊姊不停用聽筒聽胎音，擔心我會難產，或胎兒太晚出來腦子受傷。

巨大的疼痛使我覺得生不如死，那種整個下部割裂燒痛的感覺，使我永生難忘！

催生針打過了，我聽見有人問：「可以用產鉗嗎？」回答是：子宮口還沒開全，產鉗可能夾傷胎兒。天已暗了，好不容易聽有人說看見頭了，叫我使勁。我將吃奶的勁都用盡了，胎兒的頭仍然只露那麼一點點。

已至夜深，我想是到了世界的末日。廿四小時水米未沾牙，整個人已虛脫了，錐心裂骨之痛只求速死。

母親顫抖著手，端著小碗鷄湯煮掛麵，求我吃一點點。我那裡張得開口。母親一慌，麵碗掉在地上，打得粉碎，母親認爲是不祥之兆。她事後告訴我，一輩子沒這麼內疚過，後悔因爲心軟，跟著人家逼我結婚。

媽含著眼淚求老天爺救救她女兒，說我才這麼小，不該受這麼大的罪！

姊姊已和院長商量好，再等片刻，就送我去華西霸大醫院動手術。那時開刀剖腹算是大手術，一般產科醫院沒把握做得好。大醫院還都是由洋醫生主持。

劇痛使我呈半昏迷狀態，忽然一陣大翻痛，似天崩地裂，我聲嘶力竭地隨著四周喚我深呼吸。就在這時，兒子全身發紫地滑出母體，只有臍帶尙與母親相連。

姊姊親自爲她的小外甥剪斷臍帶，又抓起兩隻小腳，拍打小屁股，拍出響亮的嬰啼。

足足廿八小時分娩過程之苦，眞是苦難當。

大姊把包在襁褓中的大頭小男嬰湊到我眼前，可憐我已奄奄一息，連瞧瞧的力氣都沒有了。

輯三　友情

美麗的離別

昨晨由電臺播音，得悉大千八伯過世的消息，心頭無限悲悼；想到今後再也聽不見他老人家慈祥的四川鄉音，親切的喚我的名字，叫我坐在他身邊，吃飯時頻頻關照多吃點菜，爲我的新書題字，關懷我的孩子和：「令尊大人還沒有消息嗎？」殷切的慰藉之情，我的淚水就不斷湧出。

淚光中，彷彿侍立在八伯畫案前，白髮銀鬚的八伯正低頭作畫：「妳喜歡紫色我曉得，顏料沒得漂亮的紫。最美的紫是華山的紫牡丹，妳那裡見到過。」八伯擡頭望我，雙層目鏡後面的眼神充滿智慧。

大千八伯是家父的老朋友，自幼承他老人家關愛我，視如子姪，故以八伯稱之。有幸拜識八伯近四十年，心目中的八伯雖因不朽的畫藝，而居顯赫的地位，但他卻平易近人；他和藹可親的品格，令人樂意親近，與八伯在一起從不感到拘束。

牆上掛著一幀紀念性的照片，八伯稱爲：「歷史上的鏡頭。」三年前去拜候八伯時，曾出呈此照。八伯見之大喜，令人複印數幀，且親自題款留念。那是三十幾年前，在四川成都，八伯爲六哥心德結婚辦喜事時，新郎、新娘、雙方家長、證婚人、男儐相、女花童等合影。

那場熱鬧隆重的婚禮，乃我生平僅見。站在一對新人身畔的男女儐相那呆傻的模樣兒，竟是少不更事的我與外子喜樂？滿臉稚笑的花童，竟是如今已做了三個孩子母親的小妹？那嬌美的新娘爲何祇享受了三個月的新婚甜蜜，就被腦膜炎奪走了她如春花般年輕的生命？時隔三十餘年，早已人事全非。唯證婚人張羣世伯，憑他老人家堅定的信仰，以九十高壽還在爲國家效力。

照片中的八伯精神奕奕，美髯烏如墨，瀟灑懾人。《聖經》上記載耶穌基督說：「我父親做工，直到今日我也做工。」八伯就是一生辛勤做工的人。他的生活中，永遠離不了畫案與畫筆。即使出門旅行，或度假，畫具亦必隨身攜帶。他常教導年輕人要努力，不可倚靠天分：「三分天才七分努力」這是他常說的箴言。他自己以身力行，直到病發入院前，還完成巨幅「廬山圖」。幼時看八伯工筆畫，愛不忍釋仕女細緻衣褶上的花紋、栩栩如生的彩蝶。近年觀八伯潑墨，雲山勝景，驚歎其壯闊豪邁。無論在四川贈我的「楊貴妃與鸚鵡」，還是在外雙溪摩耶精舍隨興數筆的小畫「素心蘭」，我都視爲至寶。

八伯愛說笑話在朋友間也是出名的，去摩耶精舍，遇見八伯心情好、精神好時，他老人家雙手揷在寬大藍袍口袋中，愉快的踱著方步。怕老婆的笑話是他最愛講的：「聽到我半夜在哭嗎？沒得人的時候，我受女人的氣，不敢哭大聲！」

拔牙的笑話也是八伯樂道的：「我是拔牙專家，妳不信試試看。門把上繫根紅線，一頭拴住蟲牙，卡擦一下子，門關齒落，一滴點都不痛，我不騙妳。」

八伯健康漸差，請了三位特別護士，輪班照顧。每天催他按時服藥、打針，加上張伯母常勸他多休息，以免作畫過久而勞累。八伯見人就訴告：「我現在被四人幫挾制，沒得自由！」他那委屈的表情，令人忍不住笑。八伯對攝影亦有興趣，有一次，我讚美他老人家很上像，他佯裝生氣說：「那妳是說我本人醜哇。」

八伯懂得享受人生，山珍美味固然嚐遍，青蔬小菜他老人家吃起來也別有滋味。穿衣服也不講究，祇是堅持著中國式長袍。住的環境卻很認眞，由四川的「梅邨」、巴西的「八德園」、美國的「環蓽盦」，到外雙溪的「摩耶精舍」，總要經營得饒富園林之美，兼自然野趣。愛梅，因爲它耐寒是國花。愛荷，因它出汚泥而不染，淸遠的幽香曾供給八伯許多靈感。摩耶精舍小小的後花園，不但有山有石，有曲徑通茅亭，有盤根虬枝的老樹，還有猿猴、孔雀。內外雙溪交會的溪水，琮琮如玉日夜流瀉。一脈青山横在眼前，八伯總要指著四周清麗秀美的景色，笑道：「凡我眼見，皆我所有。」這是何等豁達的襟懷！

時值美麗的四月，復活節前夕，八伯走完他世上八十四年的旅程，在睡夢中安然離開人間。他老人家的一生，可以拿一個「福」字來形容。猶記得三年前，八伯應我請求，爲殷穎牧師遊記題署：「耶穌的脚印」，作書時那種欣然握管的神情，長留在我的心田。在這樣美麗的春天，八伯在他的親人、學生，以及萬千崇敬他、愛慕他的同胞朋友們依戀不捨中，平安歸回天家，爲我們留下無比佳美的脚印。所以，我說這是美麗的離別。

關於大千八伯的傳記、評論、作品賞析、軼聞的文字與圖片，報章雜誌會有豐富的介紹，全世界各報皆將刊載。我謹寫小小的片段，是親身感受的，獻給八伯做個送別的花環。別了八伯：願主保佑天家再見！

觀書信念故人

三度回北平，兩次住在東城金魚胡同的旅舍，最近這次改住西城，復興門內號稱「北京文明衞生街」的大旅舍。然而，無論住東城或西城，梁實秋教授的影子，都會出現在他的故鄉。

我們曾依照他老人家生前文章，尋找喜樂爲他畫的大宅門兒故居。但在東四牌樓附近，在一條胡同裡僅見一座修建過的「高臺階」四合院。打外邊瞧，門洞裡兩條嬾凳，迎面影壁上，依稀尚有「戩穀」字樣，壁腳方形大石缸仍在，垂花門、左轉四扇屏門，亦隱約可見，卻不能確定是否梁教授老家的房子？沒人借問也。

梁教授文章裡，曾提及他家的胡同口，斜對面就是喜樂老家房子所在地「燈市口」。街上當時唯一賣外文書的書店，如今依舊在。倘若梁教授仍健在，老人家已經過了九十高壽，是不是早就回過他心中念念不忘的老家了？

惜在六年前，政府剛正式開放赴大陸探親，萬千遊子爭相返回故鄉的同時，梁教授竟因一場小感冒，引起心臟病而辭世。當時梁教授雖已八十多歲，然而正如他所說的「頑軀尚健尚能展卷而讀、伏案而寫。」除了應付四家大報副刊索稿，同時在參與未來字典、教科書編纂，且手頭正在翻譯《伊利亞隨筆》。

「疲馬戀舊秣，羈禽思故棲」，走在北平梁教授熟悉的街道上。總是爲好朋友未能在有生之年，回一趟故鄉老家而抱憾！由北平歸來，收到余光中、蔡文甫二位先進，徵求梁教授書信大函，揮汗尋遍書櫃、書棹各抽屜，僅得民國七十五年二月，至七十六年十月，及梁教授故去前十天，寫給我們的短信數封。另一篇爲紀念抗戰五十週年，所作的「題喜樂點兵圖」原稿，及梁教授故去後，他最疼愛的幼女文薔兩封來信。我確知尚有更多的信，及梁教授爲我編書撰文，新書序文的原稿，我一定保存著，但一時間翻不出來。因爲我們搬過一次家，梁教授頭一封短信便是慰問我們遷居。

喜樂：恭喜喬遷！我在臺北搬家六次，深知其苦。所以於恭賀你們之餘，要兼表小民同情之意。

我素來不拜年，因為年沒有什麼可拜的。未能免俗，就此說一聲：「恭賀年釐」

算了。

梁實秋拜上　七五、二、三

我們遷到新居，歷時近三個月，始恢復正常生活。選了一天梁教授有空的週末，邀請老蓋仙鄉長夫婦作陪，請到梁教授和韓菁清大嫂來吃餃子。這是開出四五年的支票，才兌現。那天大家包餃子聊天，還照了幾張相片，十分高興。相片洗出後寄給梁教授，他回信謝我。

小民：那天吃餃子，非常快樂！只苦了你們二位親自動手製作，太費事了。照片已收到，每張都照得好，謝謝、謝謝！

梁實秋　七五、五、廿七

另照片兩張，請轉交夏元瑜先生。

同年十二月，《中華日報》酒會，我和喜樂受託接送梁教授。梁教授待朋友很周到，事後專函向我致謝，順便提起在酒會上，我跟他談的老歌。

小民：那天送我回家，累得你們二位沒吃茶點，甚是抱歉！承告小時候的歌詞，至感。憶「黃族應享黃海權」，那首歌是我十歲時唱過的，遠在九一八事變之前。如果是日本人作的，也遠在滿州國之前。我的記憶究竟不行了，歌詞只能記得那麼一點點。天冷，珍重！

梁實秋　七五、十二、五

半年後，七十六年六月梁教授寄我另一封短簡，是因爲梁大嫂去香港了，我送些韮菜包子、紅燒肘子給老人家吃。在這封短簡之前，一定還有信沒集中收好，也許夾在某本書內，因梁教授重聽，習慣以寫信代替電話。但在這封短簡上，卻問我怎麼沒打電話給他。

小民：包子肘子都收到了，謝謝你的厚賜。這幾天我都在家，怎麼沒有聽見電話!?你給我的肘子，我吃了三天才銷去一半。

復興南路一段二十一號有一家「京兆尹食府」，專賣酪、果子乾、豌豆黃、愛窩窩——等北平食物，還不錯。嚐過沒有？

梁實秋拜上　七六、六、二

我手頭最後一信，也就是梁教授大去前十日他寫給我的信。爲答覆我詢問北平當鋪情形。

小民：示悉。說來慚愧，我還沒進過當鋪，所說「有板無毛」一話，我僅在相聲中聽到過，好像還有「蟲吃鼠咬」四字緊接於後。「金鷄未叫湯先熱，紅日東升客滿堂」的澡堂，也沒去過。只去過前門外觀音寺街「西昇平」高級浴室兩次。所以我是孤陋寡聞的一個北京人。文薔給《中國時報》已寫了四篇文字，前兩篇用筆名，陰年臘八，她將來臺，屆時當囑趨府一晤。秋涼了，快甚！

梁實秋七六、十、廿三

就在此信收到後十天，七十六年十一月三日，早上忽接九歌出版社陳素芳電話，向我求證梁教授是否於今晨病故？這消息太突然，我們連梁教授生病都沒聽說，怎麼竟爾病故？我祈望是誤傳，不幸卻係實情！想到梁教授對我和喜樂，如父兄般的情誼，結識共十載，受益無數，亦師亦友，一旦長別情何以堪？

梁教授過世前十天，寫給小民的最後一封信

小民：示悉。說來慚愧，我沒進過當舖。所說的有板無毛一語，我便不相信其確否通，好像是有的當舖吃鼠咬的字樣接於後。「金雞未叫湯先熱，紅日東升客滿堂」的澡堂也沒去過，只去過前門外觀音寺街西昇平之高級浴堂兩次。所以我是不通家門的一個北京人。文薔給中國時報已寫了四篇文字，前兩篇用筆名，陰曆臘八，她將來台，屆時當囑趁為一晤也。我病了，快甚。

實秋 七六、十、廿三

(12×20=240)

用箋　　駿馬文化公司　敬贈

然基督徒都曉得世上是個旅行的地方，旅人終必返回永恆的家鄉。任何人都無權留住歸家的旅人，唯有至高者造物主決定人在世上的年日。重觀梁教授書信，念故友情深，禱告上帝保佑，梁教授與我們，在天家再相見，重歡聚！

兩代情

陳綉姐過世已經半年多了，感覺上，她仍和我們同住在這個島上。每逢遇見什麼可喜、可悲之事，便想掛個電話到臺南，或到佳里，找陳綉姐傾訴一番。

綉姐和我都是孩子長大了、仍時時操心的母親。像我們這樣，因爲兩人兒子是朋友，而相知、相惜，也成爲無話不談的好友，今日已不多見。

記得初次見陳綉姐，是她的兒子小赫考上臺大醫學院，借住在我家的時候。小赫和保眞初中就同學，且住在同一條街上。但是直到他倆都考取臺南一中，高一開學以後，分到同一班上，才開始熟悉的。小赫體質過敏，保眞也是，兩人同病相憐，都受過哮喘之苦。所以保眞當選體育股長，便特別在體育課關心小赫，常常代他請假。

有一天，保眞放學回家，向我說起小赫犯了喘病。我囑保眞送熱包子、牛奶，給他當點心。問他可需要「媽媽」帶他去看醫生？不久，小赫週末返佳里，提來花布包著的幾樣水果，怯羞羞的來我家叫門。從此，我知道小赫家有一片果園，他辛勤的父親培植得佳果豐收，也培植了兩兒兩女的幸福家庭。

小赫的母親，陳綉姐乃典型中國賢妻良母，她待人誠懇寬厚、吃苦耐勞，爲了丈夫和孩子，奉獻她全部生命。她的慈愛忘我，成就了小赫一門父慈子孝、兄友弟恭、姐妹親愛的家風。最難得的是，她和小赫的父親相親相愛，夫妻情深。在陳綉姐患病那段時間，做丈夫的殷勤陪伴，日夜不離病床前侍候。小赫的妻子曾萬分感動的對我說，在公公服侍婆婆漫長日子裡，她體會到人間最珍貴的夫妻之愛。

奈何，恩愛夫妻不到頭。陳綉姐有堅貞愛她的丈夫，篤摯孝心的醫生兒子，美麗溫存的孝女佳媳，和我們這些深深愛她、敬重她的好朋友，亦抗拒不了大限來臨，先行離去的命運！

和陳綉姐來往密切，是保眞父親轉業，舉家遷離居住了十三年的臺南，來臺北定居以後。我和綉姐的感情，隨著小赫與保眞的情誼增進，而更加親近。

那年大專聯考，小赫以高分考上第一志願，分發到臺灣大學醫科。據說小赫是佳里鎮十年以來，第一個考進臺大醫科的，跟中了狀元一般，轟動了小赫的故鄉佳里鎮。鎮長、和小學校長等等，紛紛到楊府來致賀，放鞭炮，眞是闔鄉同慶！

因爲保眞考取的是中興森林，必須赴臺中就學。小赫來臺北便順理成章的住進保眞的房間，我自然榮任了小赫在臺北的監護人。那段日子，陳綉姐常寫信給我，述說對愛子的掛念。小赫是她的么兒，也是最得父母疼愛、最能安慰親心的孩子，負笈他鄉，自是令母親牽掛。

小赫聰慧過人，球藝、棋藝，樣樣高手，學科成績優異，自不在話下。南部鄉間的孩子，稟性純樸，土土的樣子。他不肯穿臺大新校服炫耀，每天穿著保眞師大附中舊外套上學。開學很久了，同學們還誤認小赫姓「姜」。師大附中校友會迎新，也來邀請他參加。

小赫本名楊宏義，住在我們家時，被傳染了寫文章。因爲他很欣賞德國詩人小說家「赫曼・赫塞」，故以「小赫」爲筆名。原先，我主張他乾脆就叫：「小赫塞」，他嫌張狂而除掉「塞」字。

小赫見保眞小說寫得熱鬧，一時手癢，不聲不響的寫了一篇，以醫學院爲背景的小說：〈功在杏林〉，不料竟一鳴驚人，榮獲《聯合報》小說獎。接下來又連寫了幾篇，幾乎篇篇得獎。醫科課業難念，期末考時，同學個個開夜車。小赫也開夜車，卻是在寫小說，給同學發現，驚嘆不已！

小赫既聰敏又有天份，每篇小說題材都不凡。其中：〈安安的葬禮〉，還改編成電影及電視劇。而〈祈教授〉各方評價之高，不亞於專業小說家。可惜後來小赫畢業在即，忙他本行無暇創作。否則若持之以恆，定能成爲中國文壇的一顆彗星。

小赫在臺大念書的日子，雖然後來搬到宿舍去住了，每隔三五天，我們總會見面。無論他看了什麼好電影，或是好書，一定要和我們分享。我們更分享了不知多少他家果園美味可口的水果。而他們一家人待朋友的隆情厚誼，正如楊家果樹上結的紅心木瓜，甜蜜芳香，名聞寶島！我常感到無以答報，唯有多爲小赫和他家人禱告祈福，並盡心提醒小赫注意起居安全。小赫倒是不涉足任何危險場所，也不和同學去爬山冒險。唯一叫我不放心的，是他喜歡騎同學的摩托車。

一天上午，我正準備午餐，忽然接到一通電話，是小赫學校教官打來的，電話中陌生男聲說：

「妳是姜媽媽嗎？我是楊宏義的教官。他現在在臺大醫院急診室，請妳馬上來一趟。」

我聽了立時兩腿發軟，以爲小赫發生了車禍。我腦子裡第一個念頭。便是焦慮如何告訴陳綉姐？急得我舌頭生硬，結結巴巴的問：

「楊宏義怎麼了？受傷了嗎？要不要緊？」

「不要緊，他吃壞了肚子，上吐下瀉。現在好多了，他請我通知姜媽媽。」我鬆了一口氣，忙感謝上帝。

我將小赫接回家調養，煮些清淡的粥品給他吃，很快也就康復了。但是，卻叫保眞得到一個話柄：媽媽曾經救過「名醫」，來跟小赫開玩笑！

小赫畢業後服完兵役，回臺大醫院服務。不久升住院總醫師，被南部一家大私立醫院禮聘爲小兒科主任。他爲了就近照顧父母，捨棄出國深造的機會。在他任小兒科主任期間，首創早產兒衞護新法，三年多日子，那所醫院早產兒死亡率是「零」。但爲了達到父母最初的期望，他終於開設了一家私人小兒科診所，爲家鄉的孩子健康謀福利。

正當小赫的兒童診所將要開幕時，他的母親，那位滿心盼望兒子當自己診所所長，一生爲兒女而活的老媽媽，卻一病不起，無法分享兒子的光榮成就了。我去看她的時候，只見陳綉姐原來豐潤和善、常帶喜色的臉上，滿溢著無以言宣的悲苦，使我泫然欲泣！我強忍住即將奪眶而出的淚珠，握住綉姐枯乾的手，在她耳畔輕聲安慰：「綉姐，不要怕，您會好的！要有信心啊！」

綉姐閉著眼搖頭。我再說：「您一定會好的！」綉姐又搖頭。小赫的父親在一旁陪伴，哽咽著求綉姐：

「妳就點點頭吧！姜媽媽特別由臺北下來看妳，爲妳禱告呢！」

繡姐露出一絲微笑。小赫父親說，繡姐很久都沒笑過了，但她仍搖頭。我跟她告別，說過些天再來看她，她焦黃的眼角，滲出了兩行清淚，似預感不治！

我懷著萬分無奈，痛苦的回到臺北，每天晚上全家讀經的時候，都不忘爲陳繡姐禱告。我知道肝癌有多疼痛。我切切祈求萬能的上帝，減輕繡姐的病苦。並祈禱給我們奇蹟，讓陳繡姐能夠好起來，重敍天倫！我的禱告旣虔誠又迫切，然而，上帝有祂測不透的旨意，陳繡姐仍然走了！

陳繡姐的追思讚頌奠禮，備極哀榮隆重。地方上知名人士，均爲治喪委員，有四十五人之多。保眞代表臺北的親友，在楊媽媽靈前致祭。我想到與繡姐共同擁有那些溫馨甜美的歲月，我倆辛勞等待孩子長大，爲他們付出無微不至的關愛和祝福，內心充滿了期望的歲月，如今已一去不返了！我多麼孤單難捨陳繡姐啊！她如果看見今天兒女們爲她哭泣，會怎樣難過呢！她又如何忍心撇下親愛的丈夫，獨自先返天家？

我知道在世上，人人都是客旅，都將歸返天家。天家雖然美好，但在滾滾紅塵上，有著眷戀不捨的至親骨肉。每個人離世都帶著眼淚，充滿哭聲！親愛的上帝：請賜下安慰，給陳繡姐的家人，讓他們知道，您信實的許諾，將來在天家，所有先走的親人，都會與我們再相聚！

永遠站著的人——姜貴

不知道爲什麼，最近常想起姜貴。

姜貴是我所認識的第一位「作家」，他已經過世十幾年了。但他那北方大漢憨厚的笑容，和略帶山東鄉音，不徐不緩的說話神氣，依然很清晰的在我記憶裡。

姜貴無疑是中國小說作家，最傑出者之一。文學批評者曾推崇姜貴，說他是晚清、五四、三〇年代小說傳統的集大成者。

認識這位大作家很偶然，三十多年前，我家還住在臺南，那時候家中訂閱兩分日報。我跟朋友說是「二中」，即《中央日報》與《中華日報》。我每天做完家事，當務之急，便是閱讀兩副刊上文學作品，和連載小說。

好像是五十一年吧？「中副」上開始連載姜貴的長篇小說「春城」。總有半年的日子，我每天拜讀，十分著迷。「故國先業在，多難幾時歸」十個字，說明了姜貴創作小說時充滿鄉愁的心情。

過了不久，我又在「華副」上讀到姜貴另一個長篇連載「碧海青天夜夜心」，這篇小說連載的時間更久，出單行本有八四六頁之多，堪稱：「巨作」。

就在「碧海青天夜夜心」連載之間，我收到作者寄贈一本小書《懷袖書》。小小的一本書，乃作者自費印行，寫他的身世和遭遇。至於我怎麼會收到那本小說呢？到現在還不明白，後來和姜貴熟了，他也沒說清楚。反正是由收到書後，我寫信謝他，自此便開始和他通信。當時姜貴也住在臺南，但沒見過面，他在信上說住處近墳地，與鬼爲鄰。我和他通信的內容，大多是討論他正在連載的小說。「碧」是一個婚姻失敗的故事，人物刻劃細膩，我不瞭解他爲什麼安排男主角的一妻一妾，都比他高。以一般男性心理上講，我認爲男士很少願意娶比自己高的女性做妻妾的。

姜貴說女比男高，正是小說旨趣。男主角的正室妻本不該比夫高，而側室妾，更不該較正室妻還要高，違反了傳統而不祥，婚姻注定失敗。

隨後，我又在「中副」、「聯副」，讀到姜貴好幾個長篇，「蘇不纏的世界」、「白香篇」、「花落蓮成」。好像他每有小說發表，總會發生誤解。如有人批評他的「碧海青天」不道德，姜貴請那些所謂的「大頭巾」，參看美國名小說家霍桑的《紅字》。又說他在「花落蓮成」裡，明明他爲女性鳴不平，卻有人罵他的小說在歧視侮辱女性。他舉出小說裡，女理髮師與富家小姐洗頭時，知道富家小姐將落髮去當尼姑了，一面爲她一頭美髮可惜，一面說：「爲什麼要出家呢？像我們每天給人家洗頭，辛苦工作，都不願去廟裡當尼姑！」

姜貴寫信給我說，最教他難堪的，是在《中國時報》連載的長篇「錦瑟世家」，竟被誤解小說中有個人物，有影射某要人之嫌。姜貴承認寫這篇小說時，身體健康及精神狀況都不太好，水準差了點。但若說他存心影射，眞是天大的寃枉！當時的《中國時報》「人間副刊」主編，請他修個結尾，提早結束「錦瑟世家」，姜貴不肯，堅持腰斬。好像原本該有二十多萬字的小說，祇發表了四分之一還不到。好在《中國時報》還是按作者原來字數，算給了姜貴稿費。後來姜貴又寫信給我，認爲這篇小說停了，實在是上帝救他，要我不斷爲他禱告，說他越老越依靠上帝！

這時我們都遷來臺北，記得第一次見面，是在元宵節中副作者聯歡會上。我帶保眞出席盛會。那年保眞才十八歲，是僅有兩篇作品發表在中副的「小」作者。聯歡會的主人孫如陵先生，特別介紹保眞和姜貴見面，還說：

「他那個『姜』，是假姜，你這個小老弟的『姜』，才是眞姜！」

孫先生是指姜貴，其實並不姓姜。姜貴本名王林渡，山東諸城人，寫信給我時定要稱兄道弟，見面熟了他直呼我小民。誠樸木訥的外表，姜貴給人的形象，實不合他的小說那麼雄偉豪壯、氣勢萬千。多年來，因他最好的一部小說《旋風》，讀者已將他歸類於熱愛眞理、對抗黑暗的代表了。

《旋風》於四十一年首草完成，因見坊間有同名書，四十六年出書時改名「今檮杌傳」。姜貴說「檮杌」者，「可憎之斷木」也。寓意中共乃中華民族之不肖子弟，敗類也！後因「檮杌」生澀難懂，復又改回原來書名，由明華書局出版。

《旋風》問世路途坎坷，最早是作者自費印了五百本，分贈親友及文藝界先進們，引起不少迴響及好評。兩年後，才有書局代爲印行。原來是以章回小說，對仗回目，正式出書刪去了對仗回目。

《旋風》的故事從一個大姓家族衰微沒落，寫出中共竊據大陸前，社會的病態。小說出場的角色，有土豪劣紳、軍閥官僚、妓女土匪，也有日軍浪人、墮落文士、以及許多鷄鳴狗盜的小人物，在姜貴筆下都栩栩如生的展現在讀者眼前。另外正派人物，代表民族正氣的方八姑，善良仁愛的曹老頭和老姨奶奶，姜貴更是給予他們血肉靈魂，活生生的走出了書頁。

全書主題是借這些反派人物，與中共土八路勾結，直接或間接的危害了中華民國。隨後，姜貴又以相似的主題，創作了另一部大小說「重陽」。這兩部小說奠定了他在中國文學史上，不朽的地位。也爲中華民族的紅禍浩劫，做了最有力的見證！

姜貴於民前三年，出生在一個書香世家，少年讀了許多古書。十九歲時，他在漢口初次目睹了共產黨卑鄙的手段，二十三歲便以共黨是光明的反面爲主題，寫過一部「黑之面」的小說。因爲寫得並不滿意，竟將全部書稿燒掉了，可見姜貴寫小說自我要求頗高。

二十六年春天，他二十九歲那年在徐州，又寫了一篇「突圍」，描述「一二八事變」一群小公務員由南京疏散洛陽，目的鼓吹對日抗戰。七七抗戰爆發，姜貴投入戰區工作，這篇小說寄給當地一位文藝工作者，下落不明。後來他竟在重慶武庫街世界書局櫥窗內，看見了此書，立即購買了二十本分贈親友。姜貴自己十分喜歡這篇小說，可惜目前早已尋不到了！

二十七年冬，姜貴避赤禍來臺，所業失敗，妻子病廢，遺下三名稚齡兒子。姜貴生活陷入有生以來，最大的困境。他回憶過去種種，猶如一場惡夢，認爲他所有的創傷都是共產黨害的，決心讓全世界知道「共產黨」是什麼？

姜貴將歷年共產黨的回憶，串連起來，加以剪裁和穿揷，便成了《旋風》這個完整的故事。他每天清晨四時起床，寫兩、三個小時，四個月內無一日間斷。民國四十一年歲首，完成了此書初稿。直到他病逝之前，始終保持早睡早起，晨間工作的好習慣。若是他不因寂寞，飲過量的酒，很可能已經完成了他那另一部大小說。

我和姜貴正式見面前，他已經見過我許多次了。他知道我住在花木扶疏的獨院木屋內，窗前有葡萄架、院牆上爬著黃蟬和紫色九重葛。他也見過我高身材的小妹，和我熱心在國中授課的弟弟——正好是他小兒子的導師。連我家養的兩隻小貓，他都見過。我母親患病在臺北住院，我曾和他坐同一輛火車，同一車廂到臺北。他說我抱著幼小的多兒，一路上不斷給娃娃換尿濕的褲子。他很關心我母親的病況，寫信問候。

兩家經常往來，是他由重慶南路一帶小旅館，遷居到信義路四段。那段日子他過得很好，有時星期天和我們到光復南路小教堂做禮拜，有時還約了教友趙滋蕃一起喝茶聊天。救國團曾爲他介紹教書的工作，他怕誤人子弟，婉謝了。他說上帝既然叫他寫小說，他就安分的賣文度日吧！

他的孩子都長大了，兩個大的已結婚各有滿意的工作。小兒子（我弟弟的學生）考上了醫科，在醫學院念書。「錦瑟世家」腰斬給他挫折感，醫生勸他到安靜地方住一陣子。他的大兒子還要接他去臺中，他考慮生活習慣不同，竟答應霧峰護國寺邀請，做了「護國寺的燕子」，搬去住了一陣子。他生命中最高潮，可能是意外獲得吳三連文藝獎了。一九七八年該是他一生最快樂的聖誕節，獲大獎又逢七十整壽。他寄給我一張三代同堂的相片，兩子二媳環立在身後，並排而坐的是他最鍾愛的三兒，依偎在懷裡的是可愛的嬌孫女兒。寄相片時信上說這小孫女兒，是相片中的主角。原要贈送一張彩色放大的給我，復覺太豪華了，改寄黑白的，不久，還是寄了一張小彩色來。

相片中，姜貴方面大耳，近視鏡片後面一雙滿足安慰的眼神，正朝老友注視。照片後題字「長民兄紀念，並祝聖誕快樂、閤府安平！」

得知好友近況幸福，我也分享了他的欣喜。誰料到他搬到臺中繼光街，住了一年多，一九八〇年歲暮竟腦中風而病逝。留給朋友及讀者無限惋惜和追思。

姜貴過世以後，九歌出版杜爲他印了一本短篇小說集，《永遠站著的人》（應鳳凰主編）。這是他第一部短篇小說集，也是唯一的一本。恰好象徵文學可使他永生不朽：永遠站在世上！

衣奶奶的遺愛

頭一次會見衣奶奶，是在嘉義西門長老教會，已經是四十多年前了。那時候教會很單純，完全遵守《聖經》上的規範，傳揚天父的大愛。

剛來臺灣不久，嘉義還是寧靜純樸的小鎮。因政府播遷，一支有名的空軍大隊駐守嘉義，增添了市鎮繁榮。嘉義市原有幾座教堂，都還在講臺語。西門長老教會，爲少數聽不懂臺語的外省教友，請到一位年輕弟兄當講員的翻譯。教友之間交談，仍完全是臺灣話。這時您發現有兩三位老太太，說的是跟自個兒一樣的國語，您能不驚喜而一見如故嗎？

我就是在那種驚喜的情緒之下，認識衣奶奶的。後來才知道她的公子「復恩」先生，就是駐守嘉義空軍的大隊長，而且又和我先生是同學，分外感覺親切！

衣奶奶當年，還不到我現在的年紀。大家尊稱她老太太。是因爲她公子在地方上頗有名望。衣奶奶給人印象卻是和藹可親，穿著大方，雍容富態。至今我仍能在她公子復恩臉上，看見衣奶奶慈愛的影子。源遠流長，兒孫總會遺傳祖先的形象。

那時常和衣奶奶結伴來做禮拜的，還有一位姓黃的伯母及另一位記不清姓氏的媽媽。我每次到了教堂門口，遠遠的望見三位媽媽，心裡便充滿溫馨。又由教友和牧師口中，得知三位媽媽對教會聖工非常熱心，曾聽一位長老對我說陳牧師是衣奶奶的乾兒子咧，可見衣奶奶對教會及傳道人多麼關懷。

也因此，當我們先後搬離了嘉義，時隔近三十年，陳光輝——當年嘉義西門教會青年才俊的傳道人，兩鬢飛霜後，仍然念念不忘衣奶奶。

《聖經》上講行路的人，不由得自己的腳步，人生聚散本無常。我和衣奶奶分別二三十年後，又得在臺北見面，是因爲我聽說衣奶奶腿傷在家臥床休養。我去探望老人家時，衣奶奶正午睡醒來，見到我一時想不起是誰？經我提及西門教會及陳牧師，衣奶奶恍然大悟說：「妳可老多啦！」

做了近三十年相夫教子，主掌中饋的，無假無休亦無薪的家庭煮婦，焉能不老？當年神采奕奕的衣奶奶，也不白髮皤皤了嗎？人總歸是會老的，但不老的是故人的情誼，不然衣奶奶說到陳牧師，爲什麼眼中閃著喜悅的淚光，頻頻垂問陳牧師和教會近況，牽掛之情溢於言表！

我承諾代爲打聽陳牧師，並問候衣奶奶生活安適？老人家回答一切尚好，唯腿傷行動不便而已。但她深深感謝上帝，感謝主耶穌藉此讓她領受到兒孫的孝心，特別是取名「復恩」的兒子，對母親無微不至的關愛，老奶奶說她要永遠歌頌感謝上帝的宏恩，賜給她這麼孝順的兒子！

說起來也是眞巧，就在我拜訪衣奶奶回來第二天，竟然接到陳牧師打給我的電話。電話中，陳牧師告訴我，兩天後他將來臺北搭機赴日本，應大阪一間中國教會聘請，爲臺灣及大陸旅日華僑們牧會，我告訴陳牧師衣奶奶腿傷，正在想他，陳牧師也惦念著衣奶奶，立刻約定請我陪她去探望衣奶奶。我曾寫過一篇〈重逢與道別〉的短文，紀念衣奶奶會見久別的陳牧師，大家歡喜頌讚的盛況，還爲衣奶奶和陳牧師合照了兩張相片。在陳牧師出國工作之前，能及時跟衣奶奶見面，多麼巧合，而我無意間達成衣奶奶心願，更覺欣慰。

衣奶奶是在我有生之年，最敬重的一位老媽媽。她誕生於清朝末年，在祖籍山東婦女崇尚「無才便是德」的時代，衣奶奶幸運的能讀書識字，又接受基督教眞理，以睿智的母愛哺育教養出衣氏一門傑出子孫，造福國家社會。棄世時衣奶奶年逾九十，可謂福壽全歸。

十三年前，衣奶奶安返天家並未舉行大型送葬儀式，是因爲一生崇尚節儉的老媽媽，遺言後事務必簡約。但基於孝心促使兒孫尋找合符慈母心意，以報親恩的途徑。故而於十年前，也就是民國七十二年秋天，衣復恩將軍將他經營成功的事業之一，亞洲化學部分股票，移作以老媽媽名義成立的：「立青文教基金會」。

目前「立青文教基金會」成立已十年，除頒發國內各大專院校，研究所等助學獎金共二一九一餘人次，並於大陸北京大學、清華大學、及嘉定中小學校友、北京潞河中學教師設立獎助金。另外也在北美地區捐助芝加哥文化事業，提供TAET獎學金等。

此外，立青贊助國內文化教育，如「高雄聖光神學院」、「大誠高中」、「中華民國口腔顎面外科學會」、「中華民國急救加護醫學會」等等，及出版淑世益人書籍、刊登公益廣告，以及增進海峽兩岸文化交流，與展望會合辦贊助七歲小書法家來臺訪問等等。十年間「立青」做了許多社會公益工作，嘉惠學子不及一一例舉，想衣奶奶在天家必含笑抱慰，且祝福保佑她的孩子們，與立青一同成長，一同茁壯。「立青文教基金會」在國內眾多基金會裡已排名第四，基金會不斷成長極為不易。這證實了，衣奶奶的遺愛永不止息！

傳播眞誠和關懷的人

我和喜樂共同的朋友不多，算起來祇有三位，其中之一就是影響他後半輩子，幫助他步入晚年時，仍不覺老之將至的衣復恩先生。

照喜樂這人疏懶保守的個性，原不可能結交到像衣復恩先生這般不平凡的朋友。衣先生過去是一位空軍將領；目前，他是國內一家化學公司的負責人。

沒跟衣先生見面之前，早已風聞他的大名了。那時候剛來臺灣不久，喜樂尚在空軍服務。我們住在嘉義，衣先生任當地空軍某大隊的大隊長，聽說他不但率領隊上各級長官、飛行員們嚴守紀律，就是屬於大隊之眷區，亦要求整潔衞生。中國人居家環境多不注重公共衞生，更缺少公德心亂丟垃圾，甚至有人任由小孩在水溝、巷道邊大小便，弄得小巷臭氣沖天，蒼蠅亂飛，既難看又妨礙衞生。這樣招人恥笑的不良習慣由來已久，一般人基於睦鄰且勸亦無用，都敢怒不敢言。衣先生卻毫不姑息，嚴格規定眷村住戶，無論官職大小，不注重公共衞生者，收回宿舍立即搬走。因爲衣先生言出必行，所以他屬下眷村，環境整潔，是當時嘉義市最有名的。而其他關於衣先生的傳聞，於公於私種種傑出的表現，說起來祇好以俗語「如雷貫耳」來形容。

想不到這位大名如雷貫耳的將軍，後來竟匆匆離開軍職，自組企業公司，爲繁榮臺灣經濟，投入全部心力。在一個偶然的機緣裡，他邀請喜樂業餘地爲他關係企業之一的公司，幫忙招考、訓練工程師。喜樂一向欽佩他這位老同學出衆的才華，於是將自己多年心得傾囊相「助」，並兼任這位同學董事長室顧問。這一顧一問，就過了近二十年。喜樂由業餘改爲專任，衣先生的事業，由臺北縣中和一間員工僅數十人的小型化學公司，發展到楊梅鎮現代化的大工廠，僅化學部門就提供近千名員工的就業機會。而生產的自黏性膠帶、電氣絕緣用膠帶、封箱用膠帶等產品，不但享譽國際，外銷歐美、日本、澳洲、東南亞各地，還在南非設立分公司。爲臺灣經濟成長貢獻良多。今年十月二日，欣逢亞洲化學公司三十週年慶，同時舉行擴廠破土典禮。而當年英勇報國的飛將軍，如今竟成功的扮演了近千名員工的大家長。以他正直慈祥的風範，爲員工解決困難，隨時隨地不忘教誨員工注重公德心：「無論走到那兒，要記住絕不可製造髒亂！」又鼓勵員工買書、讀書，每月一書讀後寫心得。他自己也以身力行，與員工打成一片。並且成立一個：「立青文教基金會」，紀念亡母提供獎學金，出版勵志書籍。

衣先生和喜樂，都是誕生於中華民國初年的幸運兒。說他們「幸運」，是有福目睹　國父領導革命成功後，又外抗強權，內除國賊。據衣老伯母在世時告訴我，北伐尚未到山東，她已經偷偷做好青天白日滿地紅的國旗，革命軍一到她家鄉山東，是她首先將國旗掛了出來。他們唱過：「打倒列強」，他們都於抗戰前投筆從戎，並且堅定勇敢的唱著：「向前走別退後，犧牲已到最後關頭！」唱到點燃抗日勝利鞭炮！他們同樣從小就立志愛國、救國，直到今天和政府守住這片唯一未被紅禍污染的淨土。當許多靠這片土地發財致富的大企業家，眼看臺灣投資稍稍不穩，紛紛見利思遷轉移資本向海峽彼岸時，衣先生仍然死心塌地堅守基礎工業，爲我們的國家奮鬥到底。

身兼多處企業的大家長，衣先生確實是位大忙人。但他從不因忙而忽略關心朋友，即使朋友的兒子出國念書、畢業回國服務，一些小小的變化他都記得。他也常抽空給我們負笈國外的孩子寫長信、打賀電。更不忘誇獎讚美孩子們有什麼專長……他眞是一位將眞誠關懷和友愛賜給大家的人。

回歸故里的作家醫生

聽說小赫的母親病了，而且病得甚沈重，我決定專程去臺南探望楊媽媽。順便參觀小赫新開的小兒科診所，向他致賀。

小赫就是小說作家楊宏義的筆名，是保眞在臺南一中同班同學。他是臺南佳里人，父親經營果園。其實小赫初中就和保眞同校，且借住在我家隔兩戶的鄰舍，上下學都由我家門前過，卻直到小赫和保眞同時考上臺南一中，又分到同一班上，兩人才成了好友。那時，由於小赫和保眞都有氣喘病，我不免叮嚀保眞多關懷這位寄居外地、身體瘦弱的同學。有時送些消夜食品，給小赫夜讀當點心。可能兩人的人生觀相似，又同病相憐吧？他倆同學僅一年，保眞因父親轉業，舉家遷來臺北，但兩個年輕人的友誼並不因此疏淡。經常來往書信，互相勉勵。直到兩年後，小赫考進第一志願，來臺大醫學院讀醫科，保眞則赴臺中讀中興森林。小赫寄住我家保眞的房間，兩人的友誼越發深厚。

小赫來我家那天，我去臺中送保眞註册，替他安頓好宿舍，回到臺北正好迎接小赫。小赫很喜歡住在保眞有書桌書架的房間，也喜歡穿保眞舊外套，綉著名字師大附中的舊外套。他不喜穿父母給買的新夾克。結果讓臺大醫學院師生，都以爲他叫：「姜保眞」，師大附中校友會，也來邀他入會。小赫說給我聽的時候，笑得很開心！

小赫天資極高，絕頂聰明。讀書不算用功，考試時人家開夜車，他去看電影，成績總比別的同學高。下棋、打乒乓球百戰百勝，從無敵手。被保眞傳染寫小說，篇篇得獎無往不利。他寫什麼像什麼，甚至被改爲電影、電視劇。他知識新但生性純樸不趕時尚，好酒量與讀好書是他最自豪的。他是父母的么兒，母親對這個佳里鎭聞名的才子，寵愛萬分。小赫住在我家時，他媽經常來臺北看他，不斷送些好東西給她愛子和我們享用。最令人難忘的是他家果園的紅心木瓜，香甜滑潤的果肉，生平從未在別處嚐到過！

小赫是她媽四個兒女中，身體較差的。爲了他的氣喘病，他媽付出加倍的辛勞來撫育他成人，期望他長大了做醫生。小赫畢竟不負慈母所望，不但做了醫生，而且還是非常優秀傑出的小兒科醫生。奈何當病痛臨到自己，即使有世界上最偉大的醫生兒子，也祇能竭盡所能的，給媽媽最妥善的醫療。至於病苦帶來的危難，誰有權豁免呢？

我在楊媽媽病榻前，想不出話安慰被病痛折磨得了無生趣的老媽媽。我心頭充滿悲哀，望著楊爸爸在老伴前，殷勤勸慰溫言細語，求楊媽媽相信我爲她禱告，相信創造生命的上主，必垂憐看顧，醫治她使她痊癒。兒子開一間私人診所，想必是這位佳里鄉下媽媽，多年夢寐以求的希望吧？現在終可如願以償了，老媽竟病得無法下床，無法親眼目睹愛子診所開幕的喜悅，我爲她難過！

站在開元路寧靜的巷道上，在南臺灣冬陽下，我心裡湧起無限感動和欣喜！感動的是小赫居然甘心放棄外面海闊天空的世界，安於埋首致力故鄉孩子的健康。他早已考取美國小兒科醫師執照，在移民熱的今天，他竟在臺灣發起：「新生兒學會」，爲臺灣早產兒保命——他在逢甲醫院小兒科主任任內，近三年的日子，數十名早產兒因他而活。而留下了：「早產兒死亡零紀錄」的佳話。

新開幕的診所祇是租來的一間舊公寓，但經過小赫超俗的構想，和他太太洪麗惠巧心慧手佈置，就表現了與眾不同的風格。沒有華貴的裝潢，一切設備都以明亮清潔，符合衞生條件爲主，讓來到診所求診的病童，和他們的家長，感覺一分親切信賴。壁上充滿童趣的長頸鹿等圖畫，是小赫大女兒菲茹的作品，小小金魚缸內數尾彩色斑斕的魚兒，活潑自在遨游於翠綠水草間。診療室後面，是一間有兒童玩具的候診室，左右兩小屋子：「氧氣室」、「噴霧室」，給缺氧及氣管毛病病童預備的。

小赫是有理想有抱負的青年，當初在大學聯考塡醫科，是實現對他父母的承諾。他一向以深切的同情心關懷病人，竭盡所能爲來到他面前的病人服務。他也是深富國家民族意識，極其愛國的青年，在他的文章中，在在透露出對國家的關切熱愛。保貞說過：「在這冷漠時代，像小赫這種胸襟、熱血情懷已不多見！」

淚濕的書簡

——寫給駱紳

深夜展讀淚濕的書簡，捎來令堂過世的消息！窗外雨聲淅瀝，我彷彿看見一張淚下如雨的赤子臉，向我哭訴無法挽留慈母的悲慟！

母親是天下孩子心中的依靠，是兒女生命的源頭，骨肉至親任誰都難以割捨！人生道上失去慈親，像失去冬日的陽光。所謂：生離已吞聲，死別常惻惻！古往今來，誰也無法突破大限。多少親情的哀求、友情的祈禱，都改變不了上帝召母離世的時刻。想到你今後再也聽不見，母親喚兒子慈愛的聲音，我的心也與你同悲共戚，傷心淚下！

淚光中，浮現出令堂那溫婉慈祥的面容。患病長達四年多，每次我去看她，總是笑容滿面的跟我談話。即使在最後一段躺在床上，不能行動的日子裡，也沒聽她高聲叫過一聲苦。僅是極爲安靜的、淡淡的話說自已腿疼不適。多半時間，講的仍是兒女如何孝順，誰爲她買了一架床頭電視，誰爲她請來特別護士。她說：輪椅、透氣的床墊都是最好的。你們爲母病遍求中外名醫，偏方草藥都一一試過了，雖然沒有見效，卻深深安慰病中母親的心！特別是你這最得母親疼愛的獨生子，母親憐惜你更勝於你的姐姐妹妹們。總是惦記你在報館工作勞累，睡眠不足，不定時進餐。而你又一天兩三回探視媽媽，親自替媽媽餵食、擦藥。有時很晚下班後，還要看看媽媽，才回家休息。母親說到這些，語調裡包涵無限的關懷不捨啊！

你知道嗎？是母親對你們幾個孩子的依戀，和與你父親相伴的恩情，給她力量和病魔搏鬥的！四年多漫長的日子裡，母親不向癌症屈服，為了給你們機會，在她病榻前盡孝。還記得有一回你在電話中，向我說已不再為母親是否得了絕症，憂慮得寢食難安了。祇要暫時還能看得見媽媽，還能呼喚母親而得到答應，你就感恩滿足了！

是這樣的吧，駱紳。常聽說「久病床前無孝子」，你和姐妹的孝行，卻否定了這句話的可靠性。

最讓我感動的，是你母親向我提及兒女景況時，那分掩飾不住的歡欣和成就感。大女兒和女婿，分別服務外交部和海關。二女兒是高中老師，女婿又是大學教授。三女兒和女婿，都在電子公司工作。除了嬌小可愛的幼女尚未結婚，你和三位姐姐都已男婚女嫁。美麗溫柔的媳婦兒、活潑可愛的小孫女，以及朋友們稱讚忠厚正直的好兒子你。老媽媽述說這些的時候，豈只是「如數家珍」足以形容的，簡直就是坦示表明兒女是她心肝寶貝，她以擁有你們爲榮爲慰。雖然我知道，母親撫育你們五個孩子，必經過艱辛寂寞的過程，但一切勞苦愁煩都不再紀念，祇記得你們曾經給予她多大的歡悅、多深的眷戀！

我永遠記得保眞和你相識訂交，成爲好友的往事。那時，保眞才考進大學，以一個大學新鮮人的觀察，寫了一篇：〈班代表〉小說，投給「人間副刊」，高主編約他到報館編輯室見面，誇獎他第一篇小說：「寫得這樣好」。其實〈班代表〉並不是保眞第一篇小說，他第一篇小說是中篇小說〈水幕〉。高主編惜才如渴，不斷鼓勵保眞。有時保眞來編輯室，高先生不在，就由你招待他。你對朋友熱誠周到，更將保眞視如自己兄弟。十幾年裡，保眞的環境不斷變換：大學畢業、服兵役、出國念書。無論他到那兒，你對他的關心都一如往昔，你一直留在老地方，敬業樂群，每個與你共過事的朋友，都誠心愛戴你不稱你的名字，而叫你：「駱爺」。你文雅和善，不僅盡了孝養父母天職，也成就了自己的小家庭，誰不說駱紳是好青年！是孝子！

如今，母親已經息了世上的勞苦，上帝接她回到了天家。感謝主聽了我們的禱告，母親走的時候，沒有絲毫痛苦，像入睡一般安詳離去。駱紳，最大的孝不過是盡心而已，父母養育之恩，爲人子女者永遠報答不完的！母親雖然走了，她的愛卻留在你們每個孩子的身上。守身卽孝親，今後要好好保重自己，就是孝順母親了！

高原的百合花

七月裡全家七口到北京，盡情遊覽故鄉名勝：長城、十三陵、故宮、北海、頤和園、萬壽山、雍和宮……都跑遍了。

去得最多的地方，則是琉璃廠。十天之內，總共走了四趟，原因是全家大小都愛那兒的石板路街道，及北京僅存有原來風貌的商店；刻圖章的，賣字畫、筆墨紙硯、剪紙藝品、古董玉器的，甚至有花色不錯的絲綢衣料，及具古樸風味的茶莊。

當然，老字號「榮寶齋」，及另一頭街巷的舊書坊（其實新書較多），也是吸引喜樂、保眞這對父子的地點。

我們在琉璃廠花費了不少時間、鈔票。返臺前一天，又抽空跑了一趟。出門時天氣還很好，剛到琉璃廠，天忽然轉陰落毛毛雨了。爲躲雨，進了一間小店。小店裡全是舊東西，許多瓶兒罐兒，長了綠銹的銅器，老奶奶穿的小腳鞋，老爺爺抽的旱煙袋……，我瞧著笑臉迎人的店主姑娘，脫口而出：「要是三毛能來，那她可要樂了。」

那姑娘一聽「三毛」，高興得跳了起來，連說她是個三毛迷，三毛每本書她都買全了。她知道我們是三毛的好友，馬上殷勤地倒茶讓座，又捧出許多仿古玉珮，請我和兩個妹妹挑選，說會算我們便宜。我們每人買了好幾個玉珮，還買了小娃娃穿的有小鈴鐺的虎頭鞋，又跟那位三毛迷的姑娘合影留念。

遇見三毛迷以後，餘下的旅程總會想到三毛。

我曾答應三毛，要相約結伴去北京，由我導遊我三本書上所寫北京好玩的地方，嚐嚐北京小吃，看看胡同裡我童年坐過的高臺階、懶人櫈。

想到三毛，心頭升起深沈的思念。

琉璃廠的三毛迷問得好：「像三毛這樣熱情、樂觀的作家，怎麼會自殺呢？」

三毛迷說她不相信，誰又相信呢？至今我仍不相信。雖然參加過她的追思禮拜，還和她少數親友一起送遺體去火化，匆匆都已兩年多了。但有時我仍會覺得她還在世上，說不定什麼時候會突然掛電話來，向我傾訴她內心的悲喜，像以前那樣。

以前，她總是過一陣子就跟我，或她喜愛的乾兒子多兒，在電話裡聊聊天。

開放大陸探親，三毛比我早回大陸，回來在電話中足足向我訴了一小時苦。說她大陸的親戚貪婪無情，圍著她不放，害她花錢受罪，並且累得幾度昏了過去。沾親帶故的一大群人，還招來二百多位新聞記者，她累得只剩半條命回來。

我勸她寫寫文章罵他們吧，三毛說已經寫了四萬多字，埋頭寫了一個禮拜。可是後來她又不忍心發表。

唉，三毛就是這麼一個充滿同情心的女子，儘管她初回大陸遭遇如此多不愉快，她仍急著將大陸友誼出版社印了我的書，有筆美金稿費的事告訴我，問我是否要她找人代領？她一向是爲了朋友從不嫌麻煩。急公好義、宅心仁厚的個性，也爲她添了不少麻煩。以最近無意間找到的她四封來信爲例，證明三毛確實是關懷朋友、誠心誠意付出友情的「稀有動物」。

這四封信都是一九八八年，多兒服役那年寫的。第一封是六月廿九日：

親愛的小民：

也不知那一天才能安安靜靜坐下來好好寫封信。我們都在想念你們全家。寄來的報紙收到了，這陣子仍是在忙，下星期出書了，可以鬆一口氣。

媽媽重感冒，醫生請到家裡來，燒一直不退，今天總算好一點了。媽感冒時我也感冒，可是沒有發燒，仍撐著在做事。

這一陣子來，我又嚴重失眠，服藥也不能睡。有天從深夜三點半喊著「耶穌基督」，喊到早晨九點，仍不能闔眼。耶穌一定給我煩透了。這幾天也是不能睡，幾天幾夜下來，人就快崩潰了。而事情仍得做，累得不得了。

多兒當兵妳為什麼心情不好？我猜多兒這次當兵受了太多委屈。不知還有好久可以退役？還長著呢，是不是？

我七月四日可能去日本，目前還沒擠到飛機票。也不為什麼，而是這一年很忙，想去外面過一陣沒有電話的日子。

喜樂好嗎？也在想念中。

媽媽七月十六日去大陸，我不去，她和阿姨同去。我看她這種身體，叫她別去，她說去了不動，看了弟弟就回來。

請妳原諒我，總是要去看妳一趟。妳別太用功寫作了，天熱。

一隻紫筆，法國的，當然是妳的，別人不能用那種顏色。

祝以馬內利

三毛上

妹說：多寫稿賺些小錢
這是我的分析，他就
寫了一半的字了。

6月29日
1988年

親愛的妹妹：

也不知哪一天才能安安靜靜的坐下來寫一封信。我們都在想念你們全家。寄來的錢收到了。這一陣我仍是忙，不過動筆寫書了，可以鬆一口氣。

媽媽食量大增，[illegible]，她也不退。今天總算好一點了。媽媽[illegible]，可是沒有發燒，仍在[illegible]著。

這一陣來，我又[illegible]不眠，眼睛也不能閉。有一天從[illegible]“那[illegible]”[illegible]，也不能合眼。那[illegible]了。這幾天也是不能睡，[illegible]，而事情仍得做，累得不得了。

多寫當然[illegible]什麼心情不好？我猜這一次[illegible]不多[illegible]，不知還有好的可以[illegible]。還要看呢，好不好？

小妹，我七月四日可[illegible]，目前還沒有找到[illegible]，也不[illegible]什麼，[illegible]這一年忙，[illegible]過一陣沒有[illegible]的日子。

[illegible]也在想念你。

媽媽七月十六日去大陸，我不去，她和阿姨同去。[illegible]，她從去了不[illegible]，看了[illegible]回來。

小妹，[illegible]，[illegible]一[illegible]，[illegible]不[illegible]。一[illegible]，[illegible]不[illegible]。
祝 [illegible]！

[illegible] 上

收到信和漂亮的紫色筆，我回信謝她，並說我有時也失眠，深知失眠滋味難過。這是表示同情共鳴之意。不料三毛竟來電話，說她有很好的安眠藥要寄給我，又邀我一同去印度尼泊爾旅遊，說夏元瑜老師也想去。

隔兩天，收到她寄來行程表，信裡除小塑膠袋裝著十粒白色的安眠藥，三毛體貼地寫著：

小民：寄上旅遊行程表。

請連絡一下夏元瑜老師，如他確定去，我不怕累，願意帶他去。他老人家非常有趣，去了只有使我們更開心。

安眠藥名 Rohypnol 是瑞士 Roche 廠出的。妳初吃只可吃半顆，或四分之一，因這已是最後的安眠藥。以往我服過十多種都失效，醫生才開的，藥性强。

如服半顆有效，請告訴我，我可去藥房買。睡前卅分鐘服下。

寄上十粒，不要怕，吃了比較好睡。不許心急，吃一整顆對妳太强了。

三毛上

我眞試吃了四分之一粒，藥性確實好強，迷迷糊糊睡了一整夜，天亮了還暈頭轉向，清醒不過來。

我掛電話謝她，對她說我失眠還不厲害，難過的是眼睛疲倦，影響閱讀寫作。

關心朋友的三毛，立刻對症下藥，給我寄來一瓶「胡蘿蔔素」，還寫信說：

親愛的小民：

附上「胡蘿蔔素」，一個月的量。每天吃一顆，隨時可吃，沒寫飯前飯後。

我也是一用眼就不舒服，現在吃了兩個月好多了。我的外甥女也是服這藥眼就好。

這藥可在美國「自然食品店」買到，叫做 BETACAROTENE。以前我吃魚肝油中的維他命A，但好像這種比較好。

說明上是叫人每天服一顆。如服了好，可請保健給寄來。如保健找不到，再來找我，我託人去買。

妳忙，不多寫了。祝保真訂婚之喜。

問候喜樂、多兒。

三毛上

胡蘿蔔素確實對眼有益，到現在我仍在服用。但親愛的三毛已離我們遠去。我總覺虧欠三毛太多太多。

早知她這麼快離世，再怎麼忙怎麼累，我也會陪她去尼泊爾玩一趟。我沒有去，夏元瑜也沒去，讓她失望了。但她一回來，馬上寫信寄相片給我：

親愛的小民：

這一路一直想妳，十五天實在太累太累。同去的年輕人有五、六個倒下了，還有一位卅二歲的男性朋友重病（幽門阻塞），五天六夜吃什麼吐什麼，一日昏去五次。而我們當時在深山野地裡，拖著他走，無法找醫生。後來到了尼泊爾首都，立即送醫。當時他嚴重脫水，血管脆了，打不進點滴。後來救了回來，真是不幸中的大幸。

喀什米爾是人間天堂，我們在達爾湖中的船屋住了五天，實在太美了。這是我走遍世界最難忘的地方。大半時光，都在湖中坐船。那時，想到臺灣的人拚命追求一切，實在感到不值得。

幸虧夏元瑜老師沒有去，不然要累死了。

在尼泊爾，為妳買了一條絲巾，很便宜，可是千里之外的想念，都是情深。

很累，我瘦了五公斤。讀者來信又積了很多，尚未處理。十二月初，《鬧學記》中的女主角，美國導師來臺找我，要住到十二月廿二日，又會很累。不過我仍是愛她的，要傾力陪她。

又不知何時再見。君子之交，我們真是做到了。只是妳全家對我長久的愛，不能回報，內心悵甚。

祝喜樂、多兒健康快樂。當然，妳也是，謝謝妳多年的支持。祝主內平安！

三毛上

走筆至此，忽然體悟到，三毛似乎早爲自己將有遠行埋了伏筆，只可惜當初我未覺察出來。她是屬馬的，抓住了馬年的尾巴絕塵而去，僅僅旅世四十八年。

無論從任何角度來說，她都不該這麼早走；雙親老邁多病，姊弟手足情深，朋友、讀者都是她所深愛的，怎捨得說走就走!?

唉，再多的追思與惋惜，也無濟於事了。我只好說，沒有上帝的允許，什麼事都不會發生。但求主看顧三毛留下的父母，並接納三毛的靈魂在永恒的天家。

時值三毛全集最後一本書《高原的百合花》問世，睹書思人，無盡哀思。人生有限，唯有文字長久流傳。願寫書的三毛仍與大家同在。

在病痛中仰臉

基督徒作家聯誼會，成立轉瞬間將滿一年。

一年中，除了增進會友們互動，幾乎沒爲主做點什麼。現代社會大家都忙，聯誼會成立的宗旨，原只爲鼓舞隱藏的基督徒文友，奉獻出他們的筆來傳福音。除此以外，好像祇是單純的聯誼吧。

聯誼會的構想，開始是高大鵬和保眞兩個年輕人的主意，官麗嘉、喜樂和我，一併算做發起人。既然名列發起人之一，總覺得該爲會友們作一些服務，比如抽時間拜訪會友家庭，看有需要幫助的地方沒有？我確實有心關懷，卻考慮有時關懷會造成打擾，很多人並不歡迎無端上門的訪客。

所以，我改以電話表達問候之忱。

最近打電話給夏元瑜老弟兄，因爲我想起前不久他生了一場大病，兩次進出醫院，出院後夏大嫂才通知我。我撥了電話，鈴響數聲，聽見那頭傳來一咳嗽著的接應聲。夏大哥聽見我的問候，問他還好嗎？他忙著說：「我可不好啊，小民哪，妳可得多爲我禱告囉！我現在是呼吸困難，氧氣不夠，慘得很呢！」

其實這是夏大哥的老毛病了，氣管原就經常發炎，最近又加上肺氣腫，呼吸那能不困難？幸好二十年以前，夏大哥就戒了菸，也不喝酒。但人老了身體內各器官也老化了，年輕時缺少運動，老年肺部一定功能減弱。

第二日是禮拜天，趁去教堂前全家至夏府探望。夏大哥躬背彎腰坐在椅子上，身旁放著一架供氧機。和我們說話時精神還算不錯，人卻消瘦了不少。夏大哥一向幽默風趣，談笑風生的，此時竟身不由己的被病困住了。面對如此病弱的老大哥，只能口頭上說一些慰藉的話，並爲他虔誠祈禱，求主挪去他心上的愁煩憂慮，在等候康復中，仍心存盼望！

知道高大鵬的妹妹生病，是有一天大鵬打電話十分急切的告訴我，他的小妹突然像發了瘋一般大吵大鬧，要我趕快爲小妹禱告。大鵬非常著急的說：「請小民阿姨放下電話，就爲我妹妹禱告！」

手足情深，雖然這個小妹和大鵬同父異母，做大哥的到底仍然有兄長的憐惜。經過一番折騰，入院檢查後始知係細菌進入腦中造成的。大鵬小妹住在三總三十一號加護病房，昏迷不省多日，大鵬深感憂慮，擔心小妹變成植物人。後來，小妹奇蹟似的有了好轉，我再去看她時，已經轉入普通病房。較之在加護病房時的小妹，混身是管子，口戴人工呼吸器要好得太多了。

在普通病房裡的小妹，雖然大多時間仍在昏睡，仍需人工餵食，但已經不需要任何管子，可以自己呼吸，自行翻身了。

佇立在深睡如許的小妹病床前，我默然望著小妹白淨的臉頰，心中不住的求問上主，像小妹這樣年僅廿歲的少女，不正値青春年華，黃金歲月的人生，主耶穌怎容許她如木偶一般躺在不分晝夜的病床上？主啊，生命在祢，在永恆之下，任何生命都只能在世短暫逗留。主啊，讓我們在一去不返之前，飽得祢的憐憫慈愛，讓我們和小妹一同在盼望中等待，等待祢喚她醒來，奔向她的骨肉至親，重享天倫。就像祢在福音書中，命令寡婦死去的兒子復活一般！

一想到劉俠，便不由得爲她感謝上帝。

認識她時，她僅是個寫了不多作品的文學愛好者。但促使她不得不喜愛文學，是她在小學畢業那年，禍從天降一般，罹患了不知名稱的怪病——「類風濕關節炎」，病名還是病了多少年以後才知曉的。這中間，劉俠如花蕾般的少女年華，便消磨在無休止的進出醫院，與各類型的醫生打交道，甚至被當做教學樣品，展示給醫科學生看。經過中外名醫診斷，隨著時光流逝，劉俠自稱是由「小兒科」走進了「老人科」，病魔仍糾纏她不放。

她由一個活蹦亂跳的小女孩，變成全身關節受傷被損，不能走路、不能轉身，連扭下脖子回頭望也不行的老病人。她吃過的藥，一輛大卡車也裝不了，但她仍然活得極有盼望！「壓傷的蘆葦祂不折斷，將殘的燈火祂不吹滅」，劉俠在歷經病痛折磨後，認定她十五歲時接受的信仰，堅持任何災難背後都有上帝祝福的信心，靠著閱讀、寫作，打發她寂寞又不知明天她會不會痛得更厲害的歲月。

上主悅納並祝福她一枝筆，雖然只有小學畢業，苦難逼她努力自修，她的文章充滿對生命的歌頌、對苦難的包容，作品結集而榮獲許多文學獎，及十大傑出女青年獎，而且創辦了「伊甸殘障福利基金會」。

這眞是，主使那軟弱的變爲剛強！

雖然她的病情仍然繼續在惡化，甚至會突如其來的加添類風濕以外的其他病症，如三、四年前，她患上很重的腸潰瘍、大腸及十二指腸爛了許多孔，一個多月未進飲食，每天要用幾百元的紙尿布。走進她病房，就聞見一股惡臭，她母親都以爲劉俠這次鐵定活不成了，但卻又奇蹟般好轉過來！

我去看她時，她那如春花初放的笑容，仍然掛在臉上。述說自己病情的驚險，就跟講別人的笑話一樣高興。說完了，還悄悄對我說：「小民姐，妳猜我現在想什麼？我想如果給我半個白饅頭一片鹹菜吃，我就甭提多歡喜了！」

可憐哪，快兩個月粒米未沾牙了，我去看她的時候，醫生還在限制飲食。

經過那次大病之後，好了不多久，她的大腿關節又因「痛得要命」而開刀動手術，使她不得不由苦心經營的伊甸退休，回到花園新城休養。但在前不久，她又因下巴骨萎縮壓迫食道、氣管，幾乎送命，又動了一次手術。她的生命時時處在危險中，但她仍然對未來充滿盼望！

當我打電話給她，問候她，告訴她我們每天要爲她禱告時，她的聲音一如從前充滿歡樂，還說下次我們基督徒作家聚會，如果正好她下山檢查身體，她就來參加。

我永遠也忘不了，最近她向我說過的一段話：「我曾向主說，祢要給我恩典，不必我求祢，祢會自動賜給我。眞的，小民妳知道吧？我這次開刀，那麼長的創口，竟然一點兒也沒覺得痛，沒上痲藥歟！」是的，我們必須相信，只能相信。生命中有這麼多苦難，但主曾說過：「我的恩典夠你用！」阿門！

附錄：一生的效果，由心而起

雖然母親信奉基督教，從小耳濡目染，我卻未受洗入教，對基督教也是一知半解，眞正誠心信仰是我結婚以後的事。那時，我剛生下大兒子，隔壁鄰居安太太是位虔誠的老基督徒，看我沒事就邀我和他們一起到教堂做禮拜，我以爲做禮拜很好玩，於是跟著他們上教堂。最初牧師講什麼我幾乎都聽不懂，也不愛聽，只覺得詩班唱的歌很好聽，對基督教我仍是個門外漢。

後來，我們搬到嘉義，住家附近有一座西門長老教會，牧師爲人非常好，整個教會一團和氣，讓我非常喜歡上教堂讀《聖經》，這才對基督教有了深入的接觸。那年，弟弟十九歲，服務於空軍，不幸地卻在一次飛航時失事墜機身亡，帶給家人極大的哀痛，尤其是母親，她幾乎無法承受兒子遽然去世。所幸牧師一家人以及教友的安慰與幫忙，讓母親很快地忘掉傷痛，不再終日愁眉不展。

除了牧師及教友的安慰以外，對我們最大的支持力量卽是信仰。基督教強調「人死觀」，認爲人死了靈魂是不滅的，世上有靈、魂、體，人爲萬物之靈，其他的萬物只有魂，魂體消失了就什麼都沒有了，但人有靈，雖然死了，肉體消失了，靈魂仍存在奧祕的宇宙中，不是凡人所能看到的，只要生前沒有做惡做歹，死後會到另一個樂園，有罪的人則將接受最後的審判下地獄。母親相信弟弟在天堂過著快樂的日子，想必是這樣的想法讓她不再陷入悲傷。

弟弟的早逝，看起來好像是上天太不公平，他從軍報國，卻因意外辭世；某些做惡多端的人則一帆風順，事事得意，並沒有得到惡報。然而《聖經》上說：「不要爲做惡的人心懷不平。」惡人一直在積存禍患，生前卽使沒有受懲罰，也將在死後接受最後的審判。

我對佛教了解不多，但最近讀證嚴法師的《靜思錄》後，覺得她的說法與基督教的四福音很像，都是強調一切善惡由心起念。基督教強調原罪、最後的審判，佛教談業障、因果，無非都是在勸人爲善除惡，修身養性。

我很喜歡讀《聖經》，幾乎每晚臨睡前都會閱讀一、二章《聖經》，從《舊約》到《新約》。《舊約》是描述以色列的民族，猶如一部史籍，《新約》是講述基督耶穌的一生，主要的精神是在強調人與上帝是父子關係，所有的人類都是兄弟姊妹，不管是紅、黃、黑、白、棕等各種不同膚色，大家都一律平等，都要和睦相處。

信奉基督教這麼多年，讓我有「重生得救」的感受，在生活中感覺有一個「律」，就是聖靈，也就是自己的「良心」的規範，使我不貪不求，雖然不是大富大貴，但一切平安順當，這就是最大的福音。

本文由小民口述，方梓整理　民國八十二年七月二日

小民寫作年表

民國十八年

生於中國東北吉林省長春市。遵祖父立下的規定，孫輩皆依出生地命名，故我的名字是「長民」，乳名「小二妞兒」，因排行第二。祖籍北京市。

民國二十年

九一八事變，母親携我及大姐「漢民」，擠上從長春開往北平的火車，中秋節前夕安抵北平老宅大院。次年，母親生下大弟，北平古名燕京，故大弟名「燕民」。

民國二十六年

七七事變，父親携妻（母親）、妾、二女一兒至上海，復乘民生公司客輪由長江直航四川重慶，轉赴嘉定下游「五通橋」。

民國三十年

小學畢業，父親調職成都，我入成都中華女中。在校作文常得高分，與同學合編壁報宣傳抗日。受當時就讀燕京大學新聞系的表哥影響，開始閱讀中外文學作品。當時家中已陸續增添二弟「偉民」、三妹「榮民」、四妹「橋民」。

民國三十四年

日本無條件投降，舉國歡騰。

民國三十五年

父親奉派赴東北接收民航機，卻一去無音訊，置妻、妾與六名子女於不顧。雙十節，奉母命與時服務於空軍航空研究院的姜增亮訂婚；次年結婚。

民國三十六年

十八歲，十一月長子「保健」生於成都婦嬰保健院。

民國三十七年

偕母親、弟妹、丈夫、孩子至南京。僅數月，國共戰爭濃雲密佈。年底隨丈夫服務機關遷臺灣，自虎尾至嘉義定居。

民國四十一年

大弟燕民於空軍官校熟習飛行中失事殉國。

民國四十二年

入中華文藝函授學校，係詩歌班第一屆學生。蒙班主任名詩人覃子豪賞識鼓勵，多首新詩習作於《公論報》「藍星」詩刊發表。同年，悼念大弟詩作〈碧潭吟〉發表於《中國的空軍》月刊。

民國四十四年

次子「保真」生於嘉義省立醫院。撫兒育嬰生活寂寞辛勞，僅與愛好文學的鄰居好友交換報紙副刊，作爲消閒閱讀。想作女詩人之夢，已被嬰兒啼哭聲及尿布奶瓶打破。

民國四十四年

全家遷居臺南市。

民國五十二年

三子「保康」生於臺南空軍醫院。因係兩個男孩子之後多出來的一個，乳名「多兒」。

民國五十三年

慈母因病逝世，享年僅六十六歲。

民國五十九年

第一篇投稿給《中央日報》「中副」的散文：〈母親的頭髮〉於五天後母親節見報，鼓舞我繼續寫作投稿的信心。隨後散文作品源源刊登於《中央日報》「現代家庭」版，筆名均用「小民」。

民國六十年

全家遷居臺北。以幼子「多兒」和他的小表妹們爲題材，爲《中央日報》「現代家庭」撰寫「多兒的世界」專欄。

民國六十二年

香港道聲出版社爲我印行兩本四十開雙胞胎小書：《紫色毛線衣》、《多兒的故事》。兩書封面均由丈夫繪圖。經三民書局劉振強先生惠助，將兩書陳列於臺北重慶南路三民書局書架，我爲之振奮不已。

民國六十三年

作品發表園地擴展至《新生》、《大華》、《國語》等報副刊。應臺北道聲出版社社長殷穎牧師邀約，出版散文集《媽媽鐘》。該書意外暢銷，連印數萬冊。長子保健、次子保眞，均起而效法母親投稿。保健於赴美留學後，第一篇文章〈留學何時了？〉發表於《中國時報》「人間」副刊。保眞的首篇作品〈由大學聯考一則國文試題談起〉，則發表於《中央日報》「中副」。受此鼓舞，保眞開始他的寫作投稿生涯，日後亦出版數本小說、散文集，獲得國內多項文學獎。

民國六十四年

《多兒的故事》更名「多兒的世界」，增添內容，改爲三十二開由臺北道聲出版社出版發行。

民國六十五年

散文集《婚禮的祝福》、《五月的餘音》，分別由臺北的道聲出版社及中國主日學協會出版社出版。

民國六十六年

散文集《彩虹與永約》、《紫窗外》，分別由中國主日學協會出版社及巨浪出版社出版。

民國六十七年

爲《甘露月刊》撰寫專欄「小涵音的故事」；臺北林白出版社出版散文集《回憶曲》，書內收進已故詩人覃子豪先生書信及詩作原稿眞跡多篇，以爲紀念。

民國六十七年

由臺北水芙蓉出版社出版《小民散文自選集》。同時與全家人合集的《全家福》，臺北文豪出版社出版。爲臺北近代中國出版社撰寫青少年小說「國父傳」，書名《永恆的火炬》。

民國六十七年

應《中央日報》「中副」主編孫如陵之邀，撰寫專欄「故都鄉情」，由丈夫以筆名喜樂配畫。同年爲近代中國出版社撰寫兒童連環圖的故事，描述革命先烈林覺民事蹟，書名「光芒的麥種」。

民國七十年

臺北道聲出版社出版另一本全家合集《紫色的家》，並首次爲道聲出版社主編散文集《母親的愛》，因內容溫馨感人而大受讀者歡迎，造成洛陽紙貴的搶購熱潮。同年復主編散文集《朋友的愛》，臺北九歌出版社出版。

民國七十一年

臺北黎明出版社出版《小民自選集》。爲九歌出版社續編《師生的愛》與《同胞的愛》兩書。

民國七十二年

《故都鄉情》、《淡紫色康乃馨》分別由臺北的大地出版社及基督教論壇報出版社出版。開始爲《中華日報》「家庭」版撰寫專欄「紫色的家」。

民國七十三年

主編散文集《上帝的愛》，臺北的聖經公會出版。由九歌出版社印行配畫《春天的胡同》。同年大陸北京的友誼出版社，以橫排簡體字印行出版《故都鄉情》，出版前未徵求我同意，事後才知道。

民國七十四年

臺北道聲出版社出版散文集《親情》。主編散文集《歲月走過》，臺中晨星出版社出版。

民國七十五年

主編散文集《父母的愛》，九歌出版社出版。爲《大華晚報》「淡水河」副刊，與丈夫喜樂合寫專欄「無所不談」。同年，日本恆崗利一校長翻譯出版《春天的胡同》日文版，事後才知道。散文集《紫色的歌》，由晨星出版社出版。

民國七十六年

臺北光復書局出版第三本全家合集《闔家歡》。

民國七十七年

第三本配畫的《丁香季節故園夢》（後改名「故園夢」），九歌出版社出版。爲《中央日報》「家庭」版撰寫專欄「生活隨筆」。赴馬來西亞出席第三屆亞洲華文作家年會。

民國七十八年

爲《倩》月刊撰寫專欄「新居筆記」。與丈夫喜樂同赴加拿大阿爾伯他省，出席加拿大華人學會，演講「臺灣女作家」。

民國七十九年

爲《中華日報》「兒童」版撰寫專欄「童年趣事」，由丈夫喜樂繪彩色插圖。赴大陸北京出席兒童文學研討會。

民國八十年

爲《婦友》雙月刊撰寫專欄「儍門春秋」。主編夫妻對寫散文集《歡喜冤家》，臺北健行出版社出版。

民國八十一年

出席第一屆全球華文作家大會。

民國八十二年

散文集《媽媽鐘》由健行出版社重排再版問世。與丈夫喜樂、次子保眞、作家高大鵬、官麗嘉，聯合發起成立「中華基督徒作家聯誼會」。

民國八十三年

主編安慰傷痛散文集《走出流淚谷》，臺北道聲出版社出版。《永恆的彩虹》、《紫水晶戒指》兩本小品散文集，由臺北三民書局出版。

獲獎

一、第二十五屆中國文藝協會五四文藝獎章散文獎

二、第三屆湯清基督教文藝獎散文獎

三民叢刊書目

㊸橡溪雜拾　思　果著
㊹統一後的德國　郭恆鈺著
㊺愛廬談文學　黃永武著
㊻南十字星座　呂大明著
㊼重疊的足跡　韓　秀著
㊽書鄉長短調　黃碧端著
㊾愛情・仇恨・政治
　，漢姆雷特專論及其他　朱立民著
㊿蝴蝶球傳奇
　・真實與虛構　顏匯增著
61文化啓示錄　南方朔著
62日本這個國家　章　陸著
63在沉寂與鼎沸之間　黃碧端著
64民主與兩岸動向　余英時著
65靈魂的按摩　劉紹銘著
66迎向眾聲
　・八〇年代臺灣文化情境觀察　向　陽著
67蛻變中的臺灣經濟　于宗先著
68從現代到當代　鄭樹森著
69嚴肅的遊戲
　・當代文藝訪談錄　楊錦郁著
70甜鹹酸梅　向　明著
71楓　香　黃國彬著
72日本深層　齊　濤著

⑬美麗的負荷

封德屏　著

本書是作者從事寫作的文字總集。有少女時代所寫，如詩如歌的雋永小品；更有以求眞存眞的態度詳實記錄而成的報導文字，對象涵蓋作家、影劇圈、藝術家等文藝工作者的訪談記錄。值得有心人一起駐足品賞。

⑭現代文明的隱者

周陽山　著

生為現代人，身處文明世界，又何能自隱於現代文明？本書內容包括散文、報導文學、音樂、影評、書評等，作者中西學養兼富，體驗靈敏，以悲憫之心關懷社會，以詳贍分析品評文藝，是學術研究外，結合專業知識與文學筆調的另一種嘗試。

⑮煙火與噴泉

白靈　著

本書詳盡的評析了新詩的源起及演變、臺灣詩壇的今與昔，除介紹鄭愁予、葉維廉、羅青等當代名家的詩作及創作理念外，並給予初習新詩者的入門指引，值得想一探新詩領域的您細細研讀。

⑯七十浮跡
·生活體驗與思考

項退結　著

本書是作者一生所思所悟與生活體驗。從青年時米蘭求學，到「哲學之遺忘」的西德八年，再到主持《現代學苑》實踐對文化與思想的關懷，最後從事教學與學術研究的漫長人生歷程。雖是略帶有自傳性質，卻也反映了一個哲學人所代表的時代徵兆。

⑰永恆的彩虹

小民 著

問世間情是何物，怎教人如此感念！環遶家園周遭的倫理親情、憶往懷舊的大陸鄉情、恆久不渝的溫馨友情……，是多麼的令人難以忘懷。本書作者以平和的語氣、平實的筆調，娓娓道出人世間的種種至情，讀來無限思情襲上心頭。

⑱情繫一環

梁錫華 著

寫作是件動腦動筆的事，使人保持身心熱切，而創造性的熱切是有助健康和留住青春的。本書作者以其悲天憫人的襟懷，寓理於文，冀望讀者會心處，除了青春、健康外，另有所得。

⑲遠山一抹

思果 著

本書是作者近二十年來有關文藝批評、中英文文學、語文、寫作研究的精心之作。作者學貫中西，探究深微，以精純的文字、獨到的見解，寫出篇篇字斟句酌、妙筆生花的佳作，令人百讀不厭。

⑳尋找希望的星空

呂大明 著

在人生的旅途中，處處是絕望的陷阱，但晚星的光芒是黎明的導航員，雨後的彩虹也會在遠方出現，絕望懸接著希望，超越絕望，希望的星空就呈現在眼前，願這本小書帶給您一片希望的星空……

⑧1 領養一株雲杉

黃文範 著

有人說，散文是作家的身分證，對譯人何嘗不是如此。本書是作者治譯之餘，跑出自囿於譯室門外自遣的心血結晶，涉獵範圍廣泛，文字洗練而富感情，展現作者另一種風貌，帶給讀者一份驚喜。

⑧2 浮世情懷

劉安諾 著

本書是作者以其所思、所感、所見、所聞，發而爲文的結集。作者才思敏捷，信手拈來，或詼諧、或雋永，皆屬上乘。在這匆遽忙碌的時代，不妨暫停一下，此書當能博君一粲。

⑧3 天涯長青

趙淑俠 著

文藝創作者身處他鄉異國，該如何面對因文化差異所帶來的困擾？本書所描寫的，是作者旅居異域多年的感觸、收穫和挫折。其中亦有生活上的小點滴，時而凝重、時而幽默，清晰的呈現出東西文化的異同風貌，讓讀者享受一場世界文化的大河之旅。

⑧4 文學札記

黃國彬 著

作者放眼不同的時空，深入淺出地探討文學的現象、趨勢，以至個別作家的風格，舉凡詩、散文、小說、文學評論等，都能道人所未道，言人所未言，把學問、識見、趣味共冶於一爐，堪稱文學評論集的佳作。

⑮ 訪草（第一卷）

陳冠學 著

本書是作者於田園生活中所見所感之作，內有田園畫，有家居圖，有專寫田園聲光、哲理的卷軸。喜愛大自然田園清新景象的讀者，將可從中獲得一份未曾預期的驚喜與滿足；另有一小部分有關人性與人生哲理的文字，則會句句印入您的心底。

⑯ 藍色的斷想
・孤獨者隨想錄
A・B・C全卷

陳冠學 著

本書是作者暫離大自然和田園，帶著深沉的憂鬱面對人世之作。一路上你將有許多領略與感觸，時或有天光爆破的驚喜；但多數時候，你的心頭將披著一襲輕愁，甚或覆著一領悲情。這是悲觀哲學，卻是被熱情、關心與希望融化了的悲觀哲學。

⑰ 追不回的永恆

彭歌 著

本書是《聯合報》副刊上「三三草」專欄的結集。作者以其犀利的筆鋒，對種種社會現象痛下針砭，冀望這些警世的短文，能如暮鼓晨鐘般，在這變亂紛乘的時代，起著振聾發聵的作用。

國立中央圖書館出版品預行編目資料

永恆的彩虹／小民著.--初版.--臺北市
：三民，民83
面；　公分.--(三民叢刊;77)
ISBN 957-14-2091-3 (平裝)

855　　83005693

著作人　小　民
發行人　劉振强
著作財產權人　三民書局股份有限公司
臺北市復興北路三八六號
發行所　三民書局股份有限公司
地　址／臺北市復興北路三八六號
郵　撥／〇〇〇九九九八——五號
印刷所　三民書局股份有限公司
門市部　復北店／臺北市復興北路三八六號
重南店／臺北市重慶南路一段六十一號
初　版　中華民國八十三年八月
編　號　S 85266
基本定價　肆　元
行政院新聞局登記證局版臺業字第〇二〇〇號

ISBN 957-14-2091-3 (平裝)